灯色

陈武文集·北京追梦故事

陈武 著

中国文史出版社

图书在版编目（CIP）数据

灯色 / 陈武著 . -- 北京 : 中国文史出版社 ,
2021.10

（陈武文集 . 北京追梦故事）

ISBN 978-7-5205-3256-3

Ⅰ . ①灯… Ⅱ . ①陈… Ⅲ . ①中篇小说 – 小说集 – 中国 – 当代②短篇小说 – 小说集 – 中国 – 当代 Ⅳ . ① I247.7

中国版本图书馆 CIP 数据核字 (2021) 第 203882 号

责任编辑：金　硕

出版发行　中国文史出版社
社　　址　北京市海淀区西八里庄路 69 号院　邮编 :100142
电　　话　010-81136606 81136602 81136603 81136605（发行部）
传　　真　010-81136655
印　　装　阳谷毕升印务有限公司
经　　销　全国新华书店
开　　本　880 × 1230　1/32
印　　张　8.125
字　　数　170 千字
版　　次　2022 年 3 月北京第 1 版
印　　次　2022 年 3 月第 1 次印刷
定　　价　58.00 元

目 录

CONTENTS

猫脸

1

她在学猫叫，就像你在深夜里听到的那种猫叫声一样，根本停不下来。她把声音憋在喉咙的深处，节奏均匀，气息平稳，让声音贴着口腔缓缓而出，每叫一声之后，都拖带一种悠长而好听的尾音，深情，婉转，余音不绝。

我没有看到猫。我看到的，只是她撅起来的屁股。

我是在跑步时听到她的声音看到她的屁股的。她的屁股裹在修身的长裙里，远处路灯照过来的光，被枝叶打散了，落在她的身上有点凌乱。我无法细看，因为我无法停下来。如果我停下来，看一个逗猫的女人，怕引起对方的不悦。所以，我丝毫没有犹豫，就从她身边跑过去了。我身后还不断传来她拖着长音的尖细而暧昧的唤猫声——我怀疑她是在唤猫，不然，她怎么会学猫叫呢？她又不是猫。

“喵——”

夜色已经很浓了。

清明过后的 4 月中旬，春风十里的晴朗之夜，处处弥漫着花粉香和新鲜树叶、草芽的气息，我在非中心的便道上已经跑到第三圈了。非中心是一个庞大的商务区，数得上名号的公司有几百家。沿着围栏内侧的，是一圈平整而干净的柏油路，路两边是各种茂盛的植物，还有高大的道旁树。透过道旁树和修剪出不同形状的四季长青的观赏花木，能看到一幢幢钢架结构的写字楼。写字楼大都是三四层，每幢都有不同的造型。楼与楼之间，也有绿地、花圃和便道相连。毫不夸张地说，这里的环境之美，堪比一座精心修整的公园，而且比公园更适合跑步。因为非中心就在我们小区的边上，隔着一条马路就可以过来。

每到晚上，当各幢商务楼里的灯光渐渐熄灭后，非中心也随之安静了。

我晚上下班回来，已经八点半左右了，再简单吃点东西，九点半时就会来夜跑，每次五圈或六圈。我算过了，每一圈大约在十三分钟，五六圈下来，要占用一个多小时。可能是我夜跑时间太晚，在我的记忆中，并未遇到夜跑的同好，也未遇到遛狗、逗猫的宠物爱好者，突然间出现一个嗓音如此娇欢的女人，让我在惊异之余，心生某种期待。期待什么呢？期待能看清她的面目？期待她能知道我在跑步？期待我们能搭讪并相识？在深夜十点多钟，一个陌生的女人在无人居住的商务办公区找猫（学猫叫），这实在是一件诡异的事。是她家的猫丢了吗，还是她发现了一只可爱的流浪猫，想收养它？你知道，这个商务区里有不少流浪猫，它们经常出没于各个灯影暗淡处或两幢楼之间的阴影里，我不止一次看到过它们，有时一个夜晚能看到多只不同的猫。在我不太有心的记忆中，至少看到过白猫、黄猫、灰猫、狸猫、黑猫和花猫，这些猫可能流浪时间太长了，生存能力很强，对人也比较友好，每次和我不期而遇时，并没有惧怕感或立即逃逸躲开，如果我也像那个女人那样停下来唤它两声（当然不是尖细地叫唤），就有可能跟我回家了。

女人的猫叫声在我身后渐渐微弱下来，直到听不见了。但，吹过城市的微风中，似有若无的，还仿佛飘荡着她的声音，变得越来越急切的声音。我心里动了下，替她着急，突然加快跑步的频率——我想赶快绕过一圈，跑到她寻猫的地方，看她的猫找到了没有。如果她不介意，我可以和她一起找猫。从她唤猫的声音和她不太清晰的身影来判断，她年龄应该不大吧，我心理上的预期，她可能在三十岁左右，或三十五岁左右。这样的年龄，在深夜里和一只猫联系在一起，不能不让人有一探究竟的好奇心。

我跑过了南门。南门是一个封闭的门，从未见它打开过。又跑过东门。东门有两个保安在玻璃房子中值守。东门一过，我开始在风中寻找那种独特的唤猫声了。东门离唤猫女人就该不远了。我跑步的频率不断加快，经过那棵巨大的枫杨树下，拐过弯，如果她还在，不要说她的声音能听见，甚至能看到她躬身曲背的身影了。但是，风中并没有她的声音，那种特有的唤猫声，没有再出现。我抬头向前方看去，前方依然幽静而深邃，明明暗暗的路灯和沿着铁栅栏的地灯，照射出的不同的光影，像一条迷幻的隧道，在隧道中，隐约看到一个影子在向我跑来，是她吗？我不觉放缓了脚步，注意着对方。在渐渐跑近时，我看到这是一个穿浅灰色运动衣和白色跑鞋的女孩，她身材高挑，步伐轻盈，扎着马尾辫，奔跑时，马尾辫在脑后欢快地跳跃。这是一个新发现——首先可以确定，她不是唤猫女人，其次，她是自去年入冬以来我开始夜跑后，第一个出现在非中心跑道上的夜跑者。

她和唤猫女有无关联呢？

幸好那个唤猫女还在。不过已经不是刚才的唤猫声了，而是换了一种声音，一种家常的亲切的“喵喵”声，“喵喵，喵喵……”声音不大，仿佛那只躲在绿化带里的猫，就在她眼前，已经向她靠近，伸手就可摸到，而又胆怯、犹疑地不敢靠近。所以，她的呼唤是温馨的，友好的，略带哄骗的。

我由慢跑，变成了快走，在离她越来越近时，由快走，变成了漫步。她还是屁股朝向窄窄的便道，而把脑袋几乎扎进了绿化带里。这次我看清她的衣装了，没错，她确实穿一条长裙，外罩一件白色的细毛线外套，看起来洋气而不花哨。

我站了会儿，其实不过两秒或三秒，便从路牙石上跨过，走到草坪上，轻咳一声后道：“猫咪丢了吗？”

她身体静止了。她一定是听到我的声音了。静止，是在思考要不要搭理我吗？也是两秒或三秒的样子，她直起了腰，掠一下短发，掠发的手还停在耳朵和肩的中间。她没有立即转身，继续背对着我。她身上被枝叶打碎的灯影所笼罩。由于她处在两盏路灯的交汇处，加上地灯射出的橘黄色的光，还有远处写字楼门厅里的那盏白炽灯，三种不同的光束，从不同的距离洒落到她身上，使她身上的各种暗影特别的支离破碎，丰满的人体也变得魔幻起来，像极了一幅艺术品。她侧了侧身，并未转过身来，说："是呀，猫丢了。"

"要我帮忙吗？"

她没再说话，而是转过身来。

当她正面出现时，吓了我一大跳，她瞬间变成了一只大猫。她当然不是猫了。她不过是生了一张猫脸而已。她脸是圆的，眼睛是圆的，嘴是圆的，更搞笑的是，猫鼻子特征更为明显，加上枝叶割碎的光影投射到脸上，像极了猫的胡须，如果不是事先确定她是一个身材适中、略微丰盈的女人，我一定会把她误认为猫精。我吓得往后跳了一步，差点闪了老腰。还好，我不过是腿一软，马上恢复了常态，我不知道我在灯光、夜色和暗影的作用下会是什么样子，也会吓她一跳吗？没错，她正满脸惊悚地盯着我，眼睛里有两道冷冷的光。我很快适应了她的猫脸的神态，向她报以友好的一笑。

"不用。"她口气和她表情一样的生硬、冷漠，同时，一张猫脸也渐渐进化成了人脸。

我感觉到她话里的不友好，对我的搭讪心怀敌意。既然这样，我便不再想搭理她了。我后退一步，退回到路上。在这个过程中，我继续微笑着，还略略地点一下头，算我对她表示的歉意吧。如果她这时候转变态度，我甚至可以继续和她说点什么，就是帮她找猫，也是有可能的。但她的目光始终是拒绝的，厌烦的。我便摆开架势，继续跑步了。

2

隔天，在相同的时间，我再次跑上非中心的便道，第一个想到的，就是会不会再遇上那个寻猫女人。她那么小心，那么戒备，那么充满敌意。她可能是太爱猫了，和猫朝夕相处、耳鬓厮磨可能也太久了，不然何以连长相都像猫呢？难道真的物以类聚吗？她转过身、呈现出脸部神态的时候，感觉她就是猫咪，高冷的猫咪。她的猫找到了吗？这和我又有何干呢？好吧，不想她了，她就是在原来的地点出现了，我也不会再搭理她了。而有可能，她不会在了。昨天我夜跑的最后一圈，在途经她唤猫的路段时，她就不在了——有可能被我吓着了，也有可能没有找到猫而泄气了——我停下来，观察了那一带的地形，发现她寻猫的地方，正巧是两个树种（绿化带）的交接处，即红花檵木和小叶黄杨的连接段，道旁还有一棵较大的悬铃木，我们通常叫它梧桐，或法桐。我在梧桐树下站了站，想想那道缝隙里，可能有过一只出没的猫，又继续跑下去了。

果然如我所料，她不在梧桐树下，这是显而易见的——你总不能期望一个不相干的人在某地干同样一件和自己不相干的事吧？可是，既然不相干，在发现她不在现场时，为什么又略有遗憾呢？为什么又仿佛一件事情没有得到完美的解决呢？可见整个一天，我都在惦记着她，在那样一个时间段里，在那样一个夜风送爽、花香四溢的灯影里，一个怪异、诡谲且算不上漂亮的女人，在为她的一只猫而苦恼、纠结，一定有着某种特别的原因。但当我再次从梧桐树下跑过，并张望一眼两种绿叶乔木的交接处时，好奇心再次萌发，何不过去看看？虽然昨天的现场不可复制，虽然也许并无可看之处，我还是禁不住刹了车，启动倒挡，踮着脚后跟，向后快退了几步，观察了一下。确实，那儿什么都没有，没有人，也没有猫。没有就没有了，鬼使神差地，我又继续向那里走了几步，从红花檵木和小叶黄杨的交汇处，也就是昨夜唤猫女孩弯腰站立的地方（那儿有一条一拃宽的缝，如果侧身，可以走过去），向里望了望——这不过是一种下意识的行为，也许只是想看看女人要寻找的猫，会不会突然冒出来。我不是时常会发现猫们有这样的行径嘛，它们会轻灵地出现在某个路段、拐角、树杈或造型各异的暗影里，从容地散步或停下来打量你几眼，很少有慌张地跑过的时候。但我知道，猫们天生有种狡诈和刁蛮的习性，智商超高，行为怪异，和主人在一起时，会装出温顺、可爱的一面，而本性中的冷漠、刁钻是改变不了的，所以，我们目睹的猫们，都是一种假象。昨天夜里，唤猫女没有找到它，今天它能出现吗？

“喵——喵——”我也唤它两声。

并没有猫来回应。

但，也没有让我失望，我看到用来吃饭的猫碗了，带深蓝色花纹的瓷碗，不是一只，是两只，一只里有少许的猫粮，另一只里是半碗清水。我瞬间明白了，那女孩是来投食的，投猫食。她应该是个动物保护主义者，对流浪猫有着特别的感情。她昨天对我的态度，可能是以为我要搞什么破坏，就是偷猎流浪猫也有可能。现在我不怪她了。我心情好极了。我看了看四周，虽然没有发现猫的踪迹，感觉它们就躲在某一处地方，不是一只，是好几只，在它们饿了或渴了的时候，就会出来享受美食。它们不再受饥渴的折磨，而是享受到被关爱的温暖。我的心里也温暖起来，真的如沐春风了，再次跑上被灯影割裂的便道时，有一种惬意和幸福的感觉，仿佛是我得到了关爱。我还在想，也许在商务区的别处，在许多个角落里，或观赏石后边，还有多处这样的猫粮投放点。这些流浪猫，如果不是行走在享受美食的路上，就是享受完美食后走在回家的路上，呵，那该是怎样的和谐世界啊。

就这样，我跑了一圈，又跑了一圈，当我跑到第五圈时，我无意间瞥一眼梧桐树下红花檵木和小叶黄杨交汇处的豁口，惊讶地发现两处闪闪发亮的绿光在乔木丛里闪烁，虽然我已经跑过了七八步，还是想到了猫。没错，那应该是一双猫的眼睛，只有夜色中的猫眼，才会发出那样的光。是一只饥饿了的猫吗？如果它是来就餐，我退回去不是打扰它了吗？但我还是刹住车，轻抬轻放地向后退了几步——我想看看它。它有可能就是我刚才唤出来的，它熟悉我的声音，甚至以为是我给它投放的猫粮，对我会很友好。

“喵——”我冲着猫眼轻唤一声。

就在我弓腰曲背，以友好的姿势向它接近时，那双夜明珠般闪着绿光的猫眼突然从绿化带里飞蹿起来，一团巨大的张牙舞爪的黑影更突然地出现在我面前。我被吓得飞了起来，脚下像装了弹簧一样向后飞去，后背重重地撞到了梧桐树上。在飞翔中，我看清了，不是猫，是一个人。她的衣服仿佛是一件宽袍大褂，灰黑的色调上画着的图案，和灯光照射的凌乱的枝叶投影十分相似。看来她是经过精心化妆的。没错，她确实是个女人，而且可以断定她就是昨天晚上唤猫的女人，虽然她戴着一顶黑色的棒球帽，还戴着一副特别的可以反射出镭光的墨镜，但那猫样的脸型不会改变。她装什么神弄什么鬼？喂猫就喂猫，这里躲那里藏的，把自己装成一只猫。昨夜里是嘴巴里不停地叫唤，现在又是这样的画风，想打劫？

“对不起……”没想到我开口还是道歉了。

但我立即后悔向她道歉了。她应该向我道歉。她吓着我了。

她没有说话，也没有立即走开，就这么看着我，面露凶相。

空气中弥漫着血腥味儿，新鲜而真切，和她现在的形状特别匹配。没错，血腥味儿就是从她身上弥漫出来的。

我觉得这一点也不好玩。

我是带着慌乱和鄙夷之心，重新奔跑的。一边跑还一边想，真是自寻烦恼，跑你的步吧。

那个穿白色跑鞋、扎马尾辫的瘦高女孩又迎面跑来了（她每次都是逆时针的，而我是顺时针），正好在南门内小广场的路灯下，那里有整个商务区最亮的一盏灯。可能是因为昨天也有相遇之缘吧，在擦肩而过时，我看到她似乎跟我微笑了一下。我还没来得及反应，就跑过去了。我忍不住转头看她。巧的是，她也回瞥了我一眼。她跑姿很美，步态轻盈、潇洒。她就是个小清新，和那个作妖作怪的唤猫女人完全是不同的画风。是啊，要去发现生活中的美，享受生活中的美，要避开没必要的烦恼。如果下一圈我们还能相遇，我也要回报她的一笑，即便她看不到我的微笑，也会感受到我笑的气息，友好的气息。不像那个唤猫女人，让人感受到的，只能是恐怖、惊悚和一惊一乍。

3

如前所述，非中心的建筑都是不规则地分布在几个大块的区域里，区域和区域之间有弯弯曲曲的便道相连，楼与楼之间的花圃草坪里，也有更窄的小径互通。每幢楼都各有姿态，没有一幢相同的，有方的、圆的、菱形的、三角形的、长方形的，也有平行四边形的，还有船形、靴形、球形和橄榄形，真是应有尽有。这些建筑的造型和分布，看似凌乱，实际上取的是中国书法的技法，肥瘦得当，乱石铺街，隔行通气。我每天夜跑结束后，会随意地选取穿插在区域内的某一条便道，随心所欲地慢走，平息一下气息，放松一下肌肉。这些弯曲的便道上，路灯和地灯比我跑圈的路道上的路灯和地灯还要稀少，在灯影迷茫、暗香浮动的便道上放松因为奔跑所带来的疲惫，既轻松、惬意，又有点抒情。

正行走间，我就看到她了，那个逆时针跑步的马尾辫女孩。她在我的前方，正从一个弯道上走来。她的想法大约和我一样吧，每次夜跑结束，也会以散步的形式来放松身心。她身边的草坪和花圃里，迎春花还没有败，白玉兰在怒放，海棠花开了，桃花也开了，还有各种颜色的大朵牡丹，争奇斗艳，香气袭人。她还没有发现我，可能是她的注意力都被路边的花圃吸引了，正一边走一边欣赏呢。她可能是跑热了，把外套勒在腰上，看起来有点调皮和可爱，和奔跑时完全是两种不同的情态。我还没有忘记她在跑圈时对我的微微一笑和回头一瞥，便觉得我们有交流的基础，想着要不要主动和她说点什么时，她突然惊叫一声，是那种过度惊吓而发出的凄惨的尖叫，随即就凌乱而踉跄地狂奔起来，几乎没有任何征兆，一头撞进了我的怀里。而我的胸怀并不能给她带来庇护和安全，仿佛地狱一般的存在，让她发出更加尖厉的叫唤，既短促，又战栗，声音还没有完全发出，又惊悚般地从我的怀里弹射出去，跳到一边。好在她迅速看到了我，并认出了我时，“哇”地哭了。哭声同样的短促，只一声，或一声半，就惊魂未定地说：“你……你……你，啊，看到了吧？”

“啥？”

“那边，花圃里有……有鬼……”

我乐了，这个世界上哪有鬼？再说就算有鬼，鬼也不会让人看到的。人要是看到鬼，那就不是鬼了。我安抚地笑着跟她说：“你看到啦？”

她“嗯嗯”着直点头，和我保持着一个身位的距离。

我便看向那边的花圃，想看看她究竟看到了什么“鬼”。

她跟在我身后，还揪着我的衣服，说：“一个大黑影子，像个黑色的大塑料袋，比你还高……向那条小道飘走了。”

我看到，隔着一截彩色塑料栅栏，错落着几丛牡丹花，牡丹花丛的后边，分布着五六株海棠，在海棠树中间，有一个地灯，灯光直射树后的建筑。半人高的栅栏把花圃围成一个“C”形，开口那儿有一条幽暗的小道，延伸进两幢建筑之间的深处。这儿的景观并不繁复，花是花，树是树，影是影，栅栏是栅栏，怎么能藏得住鬼？她可能也看出我的疑惑了，说：“可能……可能也在看牡丹……被我吓跑了，顺着路……”

“谁跑啦？”我明知故问道，“鬼？”

“……谁知道呀……反正有个大怪影，黑黑的，跑进那黑里了。”

她说的“黑”，是两幢楼之间的一段狭长形花圃，那里没有地灯，中间有一条更窄的小径，只容一人通过。我向那里看去，在黑的远处，有一扇窗户，发着黄色的光，不算亮，或许是有百叶窗帘的遮蔽吧，果然显得颇有鬼气。

“那儿……看！”她又说。

我顺着她手指的方向看去，松了口气。原来在地灯前方，在牡丹花丛之间，有两只蓝花瓷碗，一个碗里是一点猫粮，另一只碗里应该是水了。我恍然大悟，笑着告诉她，那个比我还高的大塑料袋，可能是一个志愿者或动物保护主义者在投放猫食。

“怪不得……我看到过猫，鬼精鬼精的，还被它吓过好几次呢。”她说着，到处望了望，仿佛猫随时都会出来似的。她已经不像刚才那么紧张了，恐怖和怕意也消散了，但呼吸是有点急促，“我最讨厌猫了！”

我也望了望，在四周，在极目所见的范围内，还有几幢建筑里有灯光，层数不定，一扇窗或两扇窗户里，灯光亮度不同，颜色也不同。这是之前没有注意到的。看来，这些白天很忙碌的大公司，晚上也会有个别人在加班。我的目光又越过狭长形花圃，落到黑暗深处的那扇窗户上。那里会有谁？是那个马尾辫所说的“大怪影”吗，还是怪异的唤猫女人？她们或许就是同一个人。她会有几个猫粮投放点呢？那里是她的工作室，还是猫粮仓库？我要不要过去看看？

“干吗？”马尾辫感觉到我的心思了，有点疏远地退后一步，说，“我要回了，再见。”

她快速离去了，是小跑着离去的，很突然地，折回到她来时的线路上了。我不便跟着她一起走——她明显对我是有戒备的，在深夜的、相对陌生的商务区里，大家还是保持距离的好——如果我贸然追上她，她会紧张的，甚至会怀疑我的动机。但她在转过弯道时，再次惊叫了一声。这是一声清晰而嘹亮的尖叫。我看到，一只大黑猫从她面前横穿了过去。她没有等我去救她，而是狂奔而去。

我踟蹰一会儿，没有向黑暗深处的灯影处走去。我也有点怕了。我看了看，马尾辫跑去的方向，灯光亮度最大。好吧，我也向那个方向走去吧。那应该是通往东门的方向，我以前似乎走过，前方有个较大的水塘，呈葫芦状，在葫芦最细的地方，有一座仿古石拱桥，两边的台阶各有十五级。过了石桥，是一幢船形建筑。船形建筑的后边是一片桃园。我喜欢桃花那一树一树的灿烂和整棵树的红。

然而，我迷路了，前方并没有石桥和水塘，也没有船形建筑和桃园。在发觉我迷路的瞬间，我想到马尾辫女孩所说的“大怪影”。莫非她就是大怪影？她当然不是大怪影了。我自我安慰着，知道迷路并不可怕，只要顺着某条路，一直走，总会走到我跑圈的道上。

但是，在一幢圆柱体写字楼的低层，在一处亮着灯光的窗户前，我被吸引住了。我看到窗户里有一个人在工作。我站在小径上，隔着三四米远的花圃，继续观察着房间。这是一间宽大的厅，装潢极其简约，白的墙，除了一张较大的工作台，余下的都是白墙了，没有其他摆设。但也不尽然，稍微换一个角度看，可以看到墙角处，长长的衣架上，陈列着一排衣服，似乎全是女装，又全是单色，白的，黑的，还有赤橙黄绿青蓝紫，全了。而在工作台上工作的女人，也穿一件亚麻长衣（分不清是裙装还是风衣），在衣服的领口处，也就是左胸，开着一朵玉兰花。她所做的工作，也是在衣服上画花。工作台上，平摊开一件鱼肚白色的女装，她很专注，正屏息敛气，拿一枝油画笔，在画桃花（也许是梅花）。她很美艳，很干净，很丰润，皮肤也白，脸是鹅蛋脸，鼻子稍微肥大，但不难看。她手里端着一个颜料盒，嘴里还叼着一支画笔。我知道那排衣服为什么都是单色了，她要在上面作画。她是个服装设计师吗？或是在做手绘服装？我似乎听我们办公室的女孩们议论过，有人专门在网上卖这种手绘服装，贵得要死！

空气中，飘荡着隐约的香味。不像是植物的香，倒有一点驴肉火烧的香味。但我立即就否认了，同时也觉得自己太俗了，净想到吃的，或许是她所画的桃花香呢。

我一直看到她把一枝桃花画完了，才想着夜色已深，该回了。就在我欲离开的时候，我看到了一顶黑色的棒球帽。我心里微微一动，就在两个小时前，我还看到过这顶帽子，它戴在一个唤猫女人的头上。没错，正是这顶帽子。在工作台的一端，有一个白色柳条筐，筐里同样塞满了衣服。棒球帽就搁在衣服的上方。她莫非就是那个猫粮投放者？从筐里露出的衣服一角可以判断，正是她穿过的夜行服。没错，一定是她了，怪不得一见到她时，有种面熟感嘛，特别是她又宽又圆的鼻子。

4

因为工作原因，我调到位于东三环长虹桥边上通广大厦的公司分部工作了一段时间，临时住在团结湖社区的一个公寓里，我的夜跑，就转到团结湖公园了。到了 10 月末，才回到原住地，才继续到非中心坚持我的夜跑。

我几乎记不清 4 月中上旬的那几次奇遇了。老实说，那也算不上奇遇。两个女孩，一个夜跑者，一个猫食投放者，这算什么奇遇呢？和生活中许多意想不到的怪事相比，夜跑中遇到一个夜跑者，再正常不过了；遇到一个猫食投放者也不算什么稀奇事，就算她是手绘服装设计师，那又有什么好奇怪的呢？但我在夜跑时还是有所期待的，期待能再次遇到那个扎着马尾辫的瘦高女孩，或者遇到一只猫，几只猫都可以，就像以前一样，那是一种亲切的记忆。春天时，猫很多。现在是深秋季节了，猫们应该更多了吧？或许还有新的繁殖。有了动物保护主义者的投食，它们应该生活得很好。对，那个投放猫食的女人，怎么样了呢？她那间大工作室还在吗？跑几圈以后，可以去找找看啊。我想，说不定，会在中途见到她在喂猫呢。还有那个夜跑女孩，我们还会邂逅吗？

中途没有见到喂猫女人，也没有看到猫的踪影，更没见到别的动物保护主义者，就连那个扎马尾辫的女孩也没有再次出现，甚至，整个非中心的跑道上，只有我一个人在夜跑。深秋的夜色，和春天还是不太一样的，落叶开始零落，风中有点凉意，有一种不知名的夜虫精神抖擞地在顽强地鸣叫，似乎声音一停，生命就结束一样。

现在，只有夜虫的鸣叫声或远或近地陪伴着我了。

我没有完成既定的跑圈计划。

你知道，我通常都是跑五圈或六圈的。今天只跑了三圈，小腿就沉重了，意识里就不想再跑了。我决定去找找那个工作室，看看那个曾经在衣服上聚精会神画画的女人在干什么。

没费多少周折，我就找到了那幢圆柱体写字楼。

楼底大厅的灯果然还亮着。我在我上次站立的地方向里看去，发现这里正在举行一场艺术展。有一些人在观看展览。人不多，可以一眼数清人数，五人，只有五人。两个年轻女孩为一组，一对情侣为一组，还有一个落单的男青年。粉白的墙上稀稀拉拉地挂着几件艺术品。正对着我的这一面墙上，只有六七幅，画幅虽不大，我依然惊讶地发现，这是一场以猫为主题的艺术展。每幅画上都是一只猫的头像，或者说是猫脸。没错，都是猫脸！可能是画艺太精湛了吧，猫脸非常的逼真，甚至有一种立体感，要从墙上跳下来一般。这是什么效果？是灯光和画面互动的作用吗？这倒挺有意思了。我心里充满期待地绕过去，找到了展厅的正门，上面果然有几个小小的霓虹灯组成的字：超现代艺术展。现代艺术已经够前卫了，超现代艺术，那是什么艺术呢？

展厅很安静。我推门进去时，正对着门的，是我上次见到的那个工作台，它被移到过厅里了。正在作画的也正是我上次见到的给衣服画桃花的女人，也就是酷似那个唤猫的女动物保护主义者了，或者她就是吧——只半年多，她似乎变化很大，化浓妆，着长衣，看不出她的实际年龄，三十岁到四十岁都有可能。她看到来客，似看非看地逮我一眼，若无其事地继续作画了。奇怪的是，她还是在衣服上画画。那排衣架上的衣服，就在她身后，上面挂着价目牌，低的两三千元，贵的一万多。有一个穿着很艺术的女孩在挑选。艺术女孩把一件画着白荷的红裙子，拿在身上比画着。我听到唤猫女人在说话，她说你的气质适合这一件。她是背对着艺术女孩的，怎么知道她在比画衣服？她声音轻柔、温婉，很好听，和当初唤猫的声音判若两人。我瞬间得出的判断是，这个艺术工作室，是以艺术展出为媒介，实际是以卖手绘服装为主的商业场所。我没有在她工作区多作停留，就向展厅那边走去了。

里边才是真正的展厅，这儿的实际面积，比从窗外看到的要大得多（可能是角度问题）。观看展览的也不止五个人，还有几个人在看一个喜鹊窝。这个喜鹊窝的特别之处是，它不是垒砌在树上，而是垒砌在地上，是一个真实的喜鹊窝，一看就不是人工仿造的那种。这也是艺术品吗？一定了，房顶打下的一圈光，笼罩着喜鹊窝。我朝喜鹊窝里张望，看到窝里有一只小奶猫正在睡觉，那可爱的睡姿让人忍俊不禁。这有什么寓意吗？我想了想，没想明白。墙上的画，除了我在窗外看到的几幅，另三面墙上也分布着几幅，一样大小的白色画框里，嵌着白色的卡纸，阶梯形的三层卡纸，中间就是画——猫脸，全是猫脸。我一幅幅地欣赏，应该说验证了我之前的判断，画家的绘画水平真的很高，猫脸可以以假乱真，色彩运用精准，像极了一只真实的猫的脸，而且每幅猫脸的花色都不一样。让我感到奇怪的是，除了猫的毛发有不同的差异，它们的表情都是一样的，惊慌、恐怖而绝望，特别是那一双双眼睛，仿佛受到某种惊吓。为什么都是一样的表情呢？我看一眼别在画上的小纸牌，上面写着画的名称：《看》，另一幅也叫《看》，每一幅都叫《看》，从“之一”，一直到“之十八”。更为有趣的是，“之十八”不是猫脸，而是一张像极了猫脸的女人脸。我一眼就认出这幅画的模特是谁了。没错，你也猜到了，她就是过厅里画画的女人——这一幅也叫《看》。她下手也够狠的，把自己的一双眼睛画成了猫眼。那双猫眼比真实的猫眼还像猫眼。真的，太逼真了，她看到了什么才如此惊恐？我仔细看了看，发现画作并非是单纯的画，实际上是一种综合艺术品，可以称之为装置艺术，因为猫的眼睛不是画上去的，是装置上去的……

每一幅画的猫眼都是装置上去的吗？我又回头看一遍。没错，都是。不得不承认，这些艺术品的制作太精妙了，逼真的画工，加上真实的猫眼……真实的猫眼……

我心里突然抽搐般地战栗一下，一股寒气油然而生，天啦！我想起了什么，情不自禁地仰起脸。反着光的天花板上，我看到一双眼睛。那是我的眼睛，还是猫的眼睛？我试图把心中的寒气吐出来，却倒吸了一口凉气，时光在我的脑海里迅速地倒流，深夜绿化带里那一声声怪异的猫叫声，伴随着一阵一阵的血腥味，再次在我的耳畔响起……

5

转眼到了来年春天，我继续在非中心的跑道上夜跑。

现在，不是我一个人在夜跑了，我有一个跑伴了。没错，她就是那个喜欢穿白色运动跑鞋的马尾辫女孩。

昨天晚上，我们又在跑道上相遇了，她还是逆时针，我还是顺时针。我们相遇时，她跟我微微一笑。我回头望她，她也正回头望我。于是，我便拐头追上了她。我们心照不宣地相视一笑。我们步履轻快，节奏分明，肩并着肩，向前方跑去。几圈下来，我们一边微喘，一边不约而同地走在各种建筑之间的便道上。短暂的交流之后，我们马上熟悉了起来。

便道两旁有许多盛开的花，空气里洋溢着花香，女孩的身上也有好闻的气息。春风轻拂，夜色温柔，在一幢圆柱体建筑前，我们不约而同地停住了。建筑里黑灯瞎火，高大的玻璃窗上，反射着远处灯光照射而来的橘黄色光芒，很有些鬼魅。女孩看着窗户，静静地伫立，我能想象出她那肃穆的神情和内心的波澜。过了一会儿，我说："多么漂亮的建筑，可惜空关太久……你在这儿买过衣服？"

"是啊，挺漂亮的长衫，手绘的花卉，特精致，简直就是工艺品……"她疑惑地说，"你怎么知道？"

"我……能猜到。"

"你是不是……"她疑惑地看着我，想了想，恍然道，"你什么都知道了……我只能那样做。真没想到……她会下得了手……那么多猫呢。我当然要采取行动了，如果我不在朋友圈公布那些画，还有我跟踪拍摄的照片，不知会有多少人继续被蒙蔽呢。我不懂艺术，对她更不了解……她的画那么美，却浸润着那么多的血腥，被屠宰和被描绘的，居然是同一件物体……真是太可怕了！”

她的话我并不震惊。我震惊的是我自己，我也去看那个展览了。我居然什么也没做。我以为她会小看我，或者干脆认为我是个懦夫。但她什么也没说。我想问问她叫什么名字，她却问我了：“明天还跑吗？”

“当然。”

现在，又一次的夜跑开始了。我跟着她逆时针奔跑在非中心的跑道上。我依然不知道她叫什么名字。我想我很快就知道了。我们跑了四圈，或者五圈。我记不得了。我不在乎我跑几圈了。我只跟着她跑就行了。然后，我们在各种建筑之间的便道上放松、漫步。在拐进一处建筑的暗影里时，一个黑影从花丛里飞窜出来。女孩吓得一声尖叫，惊惶失措、无处可逃地一头扎进我的怀里，与此同时，另一边的绿化带里，响起一声猫叫。

2019 年 10 月 29 日定稿于北京像素荷边小筑

你是我最好的书

1

不知是嗓子坏掉了（慢性咽炎），还是其他问题，杜青一整晚的演出都不在状态，想咳嗽又咳不出，浑身不自在，有几首歌还唱砸了。

砸就砸了，慢性咽炎也不是什么好借口。杜青有点灰溜溜的感觉，下班后，就向酒吧的老板请假，从明天开始，休息几天，等状态恢复了再唱。

昨天所说的明天，就是今天。

今天，名字叫葛小会的漂亮女孩在照镜子时，第一次发现自己不漂亮了，这让她大为吃惊。从前，或者一直以来，她都认为自己很漂亮。别人也说她漂亮，就是三任前男友，也都承认她是漂亮的。怎么会突然就不漂亮了呢？明年就三十岁了。在三十岁的门槛上发现自己不漂亮，这可不是好兆头。葛小会有些后怕。后怕的反应就是不停地照镜子。葛小会在上午短短的三个多小时里共照了不少于十次镜子。镜子里的葛小会，真是不能细细端详了，嘴唇稍一扯动，眼角就有了鱼尾纹，原本引以为傲的小酒坑，也好像多了一圈隐秘的波浪。最关键的是，她发现了一根白发，虽然只是一根，据说白发就像春天的小草，一旦发芽，就不可遏制地遍布山峦了。这两年和杜青同居，过上了一种安逸而懒散、粗糙而稳定的生活，加上成天安坐于电脑前复制、粘贴、修改、写作一些文字垃圾，疏于打理自己了，不漂亮了，憔悴了，有白发了。这要怪谁呢？怪杜青似乎没有道理，杜青每晚去酒吧演出也是辛苦的。可不怪他又能怪谁？怪当下这种无聊的工作？怪新认识的蒋大壮？怪蒋大壮今天晚上邀请她吃饭？没错，蒋大壮是暴发户，有钱人，搞影视，也是一家上市文化公司的总裁，邀请她晚上出席一场聚会，这才让她心神不宁，才让她要好好化妆，才让她发现自己老了，才让她对自己的相貌和气质如此的纠结和不甘。

“这条裙子怎么样？”葛小会穿一条低胸的连衣裙出来了，站在镜子前，问杜青。

“好看。”杜青正在手机上听一首新上传的歌曲，头都没抬。

“不好看。”葛小会只在镜子前逮一眼，便自我否定了，转身进了卧室。

“这条呢？”几分钟后，葛小会又出来了。

“好看。”杜青嘴里念念有词，脚上还打着节拍，他的心思都在那首新歌上了。

“到底看没看，敷衍我呀？”

“看啦。”杜青这才抬起头来，看一眼葛小会。葛小会穿一件桃红色旗袍，和腿上深色的打底裤极不协调，想马上否定此前随口一说的“好看”，但是，已经晚了，他的心不在焉和敷衍了事被葛小会发现了。

“成心啊？好看个屁！”葛小会屁股一扭，又进卧室了，“再也不问你了。”

葛小会生气了，杜青才发现了问题。晚上要去吃饭，上午就开始打扮，讲不通啊！打扮也就罢了，得靠谱啊，大冬天的，穿什么旗袍呢？旗袍外边套一件大衣？葛小会倒是新买了一件大衣，收腰的款式，黑绒呢的，板型好，做工精，不知是什么牌子的，很贵。到底有多贵，几千还是上万，他也没听清。大衣里穿裙子（旗袍），他也不是没见过，很多时尚女人都这样穿，他在风色酒吧里唱歌，台下就有不少穿抹胸连衣裙或开衩很高的旗袍的美女，露出深深的乳沟或洁白的大腿，喝各种颜色的酒。可这样的穿着，不适合葛小会啊。葛小会是作家，在文化公司写书，两年前写作的《二战三巨头》，还莫名其妙地发行了七八万册，给公司带来不菲的利润。他隐约听葛小会说过，晚上是一个文化公司大老板牵头请客，无非谈些选题、书稿、出版的事，有必要如此郑重吗？随她去吧，杜青想，小会心情不好，为书稿的事，正和她讨厌的主任闹情绪呢，出去放飞放飞，透透气，换换心情，也好。

杜青午睡醒来，已是下午三点多了，葛小会不知什么时候已经走了，书房里没了她的影子——在北京，约个饭局确实不容易，单程两三个小时属于正常了，地铁、公交转几趟，三点多出门，六点赶到饭点就不错了。杜青也这样赶过，每次赴朋友的饭局都是个负担。杜青朝书房探探头，看到葛小会的笔记本电脑还开着，便想，等会儿泡杯茶，来查一首歌，他在唱《我家住在新浦街》的时候，有一口气没换好，走音，别扭。他想听听原唱大弓一郎是怎么处理的。

杜青往电脑前一坐，就看到葛小会的QQ有人说话了。葛小会QQ一直挂着，便于和公司联系。杜青犹豫一下，点开看看，是胡凡凡。胡凡凡就是葛小会讨厌的主任。她还是公司的小股东，做事认真、严谨，审稿苛刻，杜青经常听葛小会骂她，各种理由都能骂，稿子写不下去要骂，要是催稿子同样骂，通知开会也要骂，看她在微信里晒美颜照都会骂几句“丑怪”“垃圾”“神经病”，总之，只要有关于胡凡凡的信息，葛小会都要骂。葛小会似乎一直在和胡凡凡闹情绪。在葛小会的心目中，胡凡凡永远都是错的，简直就是逼债的黄世仁，就是迫害狂，就是女法西斯。杜青因为没见过胡凡凡，思路被葛小会带着走，对胡凡凡虽然好奇，没有好印象，却有一种想见识见识的冲动，想看看这个喜欢折磨葛小会的“女法西斯”是个什么样的尊容。不过这回胡凡凡报告的是好消息，《二战三巨头》又加印了五千本。葛小会的书加印是有奖金的，虽然不多，也聊胜于无啊。葛小会出门前肯定没有看到胡凡凡跟她说话了，他便代小会回了一句“好”。一个“好”不要紧，又引来了胡凡凡的话：“《朱可夫》快完稿了吧，小会？”杜青知道葛小会正在写的书是关于二战风云人物朱可夫的纪实文学，也听葛小会经常抱怨不好写。不过上周她放松地说：“终于突破十五万字了，再写一万字，收个尾，结束！”说完后，葛小会又想了想，可能想起来胡凡凡的种种恶行吧，又说：“写好也不马上给她，急死这个小骚货！”这已经过去一周了，葛小会有心情出去应酬，说明书稿已经结束了，便代葛小会回道：“正在收尾，按时交稿没问题。”胡凡凡显然是兴奋了，一连发了几个拥抱的小绿人，还献上一连串鲜艳的红嘴唇。杜青心慌一下，马上又想到，这么多吻不是献给他的，是献给葛小会的，这才又对等地回了胡凡凡的拥抱和吻。

说起来有趣，杜青再一次对这个胡凡凡产生了兴趣，这个一向跟葛小会过不去的又丑又怪的上司，究竟什么样子呢？便点开她的 QQ 空间，试图一探究竟。可她的 QQ 空间里，居然什么都没有。可能是工作 QQ 吧，和葛小会的工作 QQ 一样，只限于工作时用。于是，对胡凡凡的好奇，在杜青的心中又深了一层。

应付完胡凡凡，杜青便忙自己的事了，他找到了《我家住在新浦街》的原唱，认真听了几遍，发现问题的所在，原来，原唱在换气的时候，加了个吉他的弹拨，深沉、厚重的弹拨声，掩盖了换气时的拗口，这样就自然顺畅多了。杜青拿来吉他，自弹自唱，试了试，感觉状态又回来了，可以上班了。但是，既然假都请了，晚上就不去唱了，明天后天双休日，好好在家陪陪小会。小会的工作也是枯燥、乏味而辛苦的，又赚不了多少钱，感觉她一直也不开心。如果这本《朱可夫》完成了，元旦小长假可以一起出去玩两天，放松一下。去哪里玩呢？等晚上小会回来，可以商量商量，听听她的意见。

然而，直到深夜十二点，葛小会都没有回来。杜青一连发了多条微信，葛小会都没有回复。又打了电话，也没接。

2

杜青一觉醒来，身边还是空荡荡的，他感觉事态严重了，和什么人参加聚会，居然一夜未归？赶快拿过手机，看到的是一条未读微信，正是葛小会的。微信说："吃完饭，几个人要去唱歌，包了夜场，我去撒欢儿一回啦。"时间是午夜十二点半，正是他最后看一眼微信之后发的。现在是凌晨四点多了。杜青知道，歌吧的夜场是指午夜十二点到凌晨五点，还有不到一个小时就散场了，这会儿再回复也没意义了。但他还是回了微信："夜里睡着了，没看到你的微信，要不要给你做早饭？"小会也没有回。到了六点多时，她在微信上说："刚吃了，累死了，到家别闹我呀，本姑娘要大睡一天！"

葛小会到家已经七点半了，连澡都没洗，倒头就睡。

杜青在客厅玩手游，也不敢去打搅她，只觉得她进屋时，身上带着浓烈的烟臭味。杜青的职业需要熬夜，知道熬夜补觉的滋味不好受，经常累得一句话都不想说。小会是第一次熬了个通宵，肯定是瞌睡死了。

这一觉睡到午饭时，葛小会草草吃几口饭，洗个澡，继续睡。真是熬一夜补三天啊。直到周日下午，葛小会才像完全恢复的样子，但是，人还依旧软塌塌的，脸色无光，眼神黯淡，连书房都没去，躲在卧室里刷手机。杜青见她没写作，不需要安静的环境，便难得地在家里练练琴，先是客厅，后是书房。没想到他的练琴，引起葛小会的不满。小会的声音拐了几个弯传到书房还是那么冲：

“闹死了闹死了，能不能消停些啊？在酒吧还没唱够啊，让不让人活啦！”杜青便自觉不练了。小会安静惯了，确实不喜欢闹腾。杜青抱着吉他发了阵呆，决定晚上去酒吧演出，一来他想唱，不唱会难受；二来唱歌是工作，有一点风吹草动就请假，也不是他的风格；三来在家闲不住，要练琴，练琴就会影响葛小会的工作，还不如去上班了。

让杜青想不到的是，他工作的风色酒吧里新来了一支乐队，还有一个新的驻吧歌手。杜青被大堂经理告知，不需要他了。

不需要他，就是失业了。

由于事发突然，杜青还是蒙了，感觉被轻视了。但人家也没有错。他和风色酒吧本来就没有签合同，只是口头约定，每晚一百五十块钱，如果有人点歌（一百元一首），他提百分之五十。但点歌者毕竟不多，有时有，有时没有，收入也就一直不高。所以虽然失掉了工作，在短暂的失落之后，杜青并没有慌张，反而觉得不干了正好，三里屯一带的酒吧很多，后海一带也不少，有了更多选择的机会了，到哪里还不是唱？可话虽然这么说，被炒总归不是好事，让他心里不爽。他也是个要面子的人，在风色酒吧丢了面子，早早回家，如果被小会看出破绽来，又在她面前丢了面子，同样算不上好事的。杜青想缓和一下情绪，就在三里屯一带转悠了一通，看着有顺眼的酒吧就进去瞧瞧，一来是听听歌，二来也是为将来找工作做个摸底。如此进进出出好几家酒吧，看看时间，才九点多。晚上九点多，酒吧正是上人的时候，也是最热闹的时候，可他不消费，又背着吉他，一看就是业内人士，怕让酒吧的领班为难

（大多数的领班他都熟悉），就决定回家了。

杜青居住的小区叫“北京像素”，似乎和艺术沾上点关系，也确实住着不少怀揣艺术梦想的青年人。他就认识几个行为艺术家。其中一个女画家，常去艺术沙龙搞现代绘画，把身体当成画笔，在各个器官上涂着不同色彩的颜料，在八尺宣纸上打个滚，一幅现代派风格的水彩画就呈现出来了。他还受邀去绘画现场，为女画家作画时配乐演唱。因此，小区里就有不少与这些艺术家相配套的充满现代气息的咖啡馆和书吧。杜青决定去北区 15 号楼的“鲁迅书店”喝杯咖啡，翻翻书，消磨夜晚漫长的时光。

行走在小区斑斓的灯色中，杜青有一种异样感，觉得他不应该在这个时间点出现在小区绿化带和灌木的阴影中，他应该在灯光闪烁、多种气味相混的酒吧里唱歌。但是，隔着绿化带行走在小区主干道上的两个人，同样让他感到异样，那个修长身材、穿深色大衣的，怎么那么像葛小会？不是葛小会又是谁呢？她在和谁说话？她身边的男人是谁？他们并肩向南门方向走去，相隔有一个拳头的距离，没有做出什么亲密的动作，似乎一边走，一边小谈。杜青想跟上去，听听他们说些什么，又怕被小会发现了骂他无聊。杜青不远不近地望着，专注地看着小会身边那个矮胖的后背，记忆里找不出小会有这么一个朋友。此时正是下班高峰，南门又是离地铁口最近的门，许多疲惫归来的上班族行色匆匆地和他们俩擦肩而过时，更显出他们俩的悠闲了。好在，葛小会没有再继续送他，还没到南门口，站住了，跟对方挥挥手，往回走了。

杜青赶快躲进树影中。

杜青没有心情去泡咖啡馆了，不管怎么说，小会在夜里十点多的时候，送一个陌生的男人出去，还是让他平静不下来，更别说淡定了。他折回南区5号楼的楼前，在花园中间的那棵白皮松下站住，望望自家的窗户。窗户里没有灯光——小会还没有到家。小会是在小区里和那人聊天呢，还是约到家里又送走的？她是经常约人呢还是偶尔这一次？杜青决定给小会打个电话。

“喂，小会，我嗓子还是不舒服，不能唱了，早点回家了。”杜青说。

“啊？你到哪啦？”小会的声音有点惊慌。

杜青听出了她的惊慌，稳住自己的情绪，说：“干吗？还没到家呢，刚出地铁口。”

“好吧，不能唱就别唱了，早点回来……欸欸欸，对你说呀，我要换工作了。”

“哦？”杜青是真惊讶了。他刚失业，小会又要换工作，难道这么巧？是祸不单行，还是好的预兆？

“好事哦。”小会的口气既轻松又有点得意，“到一家影视公司去做策划、编剧，有工资还有编剧费，一集五到十万，平时做做策划，追追剧……哈哈，这才是我要的工作，自由散漫，高收入，高不高兴？要发财啦！”

杜青立马就想到刚才她送走的那个矮胖男了，是不是前天晚上约她吃饭的那个文化公司大老板？完全有可能是一个人，那么包夜场通宵唱歌的也是他喽？按说，听到这个消息，杜青应该高兴才对，可心里头总有些酸，天上不会白白掉下馅饼的，如果有馅饼掉下来，不是陷阱就是阴谋。

“喂，不高兴？”小会问。

“……好啊好啊，高兴啊。”杜青的回答有点口是心非，同时也看到家里的灯亮了。可他心里的灯却熄了。

3

2020年元旦旅行的计划泡汤了。原因出在葛小会身上——她要去新公司加班，策划新剧本。旅游的事，杜青明知道把握不大，还是提了出来，见小会只对加班感兴趣，无意请假陪他，他也无话可说，只好断了念想。既然计划泡汤，就利用假期找工作吧，但因为鼠年春节是在1月里，年关将至，酒吧将处于淡季，都不打算再招人了。杜青便暂时处于待业状态了。

元旦假期，葛小会很忙。葛小会的忙，显然和以前的忙不一样了。以前的忙，不过是每天在家写作，最多骂骂公司和胡凡凡。而胡凡凡很多时候又是代表公司的，所以骂公司就是骂胡凡凡，骂胡凡凡也就是骂公司。胡凡凡被骂惨了。如果胡凡凡有感应的话，她耳朵会天天发烫的。葛小会现在的忙，体现在很早就出门了，然后很晚再下班，到家已经深更半夜甚至凌晨了，和杜青在酒吧唱歌时的下班时间差不多。杜青当然不悦了，可也不好意思说什么，毕竟是加班嘛，如果像正常人一样上下班，朝九晚五，还叫加班？葛小会也偶尔跟杜青说说新公司的事，都是满怀欣喜，说这个公司的员工都是年轻人，说公司从前拍过的电视剧，说公司拍过的电影。杜青不看电影，也不看电视剧，对葛小会提到的那些影视剧的名字毫无兴趣，什么《母亲的身份》啊，什么《花落半秋》啊，还反复提到一个人的名字，叫古七夜，说古七夜是个才女，早就是网红作家了，出过好多书，编过好多剧本。说现在就是在古七夜的主持下，策划一个五十集的青春偶像剧《匆匆那个冬》。还伤感地感叹道，人家写的那些书才是书，那些文字才是文字，才叫作品，自己写的那都是什么东西啊？简直是垃圾，垃圾都不如，羞愧死了。杜青听了，自己仿佛也成了垃圾，不值一提了。听了几次之后，杜青基本了解了一些情况，公司大老板蒋大壮，亿万身家，而古七夜，就是大老板聘用的影视公司总策划。一个是有钱的中年男人，一个是才貌双全的妙龄女郎，这才是珠联璧合啊。

但是，葛小会的新鲜和快乐很快就过去了，在元旦过后的那些日子里，葛小会依然是早早出门，很晚才回来。不同的是，她不再那么欣喜了，或者，不快乐了，也不跟杜青讲新公司的新鲜事了，甚至都不理杜青了。到家就进卧室玩手机，或在沙发上来个“葛优躺”，对于杜青的不上班，也不关心了。葛小会不仅在语言上不理他，在床上也不理他了。杜青倒是没有觉得危机正在临近，他天真地以为，这样赶来赶去地上下班，体力劳动（挤地铁）加脑力劳动（策划剧本），叫谁都受不了的，都会身心俱疲的。既然心情不好，就不去招惹她吧，就给她做好可口的早餐吧。

在这期间，杜青还替葛小会挡了大圣文化的事。如前所述，葛小会为大圣文化写《朱可夫》，按合同，是在去年年底前交稿的。葛小会也确实交稿了。可能是因为要跳槽而没有细细修改，胡凡凡很不满意。元旦小长假刚过，胡凡凡就在 QQ 上和葛小会说话了。胡凡凡哪里知道，和她对话的，并不是葛小会，而是杜青。葛小会去新公司上班，不可能有分身术的，新公司也给她配发了配置更高的笔记本电脑，前公司配发的笔记本电脑，就一直扔在家里了。葛小会工作 QQ 的设置是自动登录，平时都是挂着的。杜青知道，葛小会和原公司签约的《朱可夫》，稿费还没结清，还有加印的《二战三巨头》的稿费。所以，在他的潜意识里，不能不理胡凡凡。他便以葛小会的口气保持着和胡凡凡的联络和互动。说来奇怪，这种工作上的互动，给他带来一种好奇和神秘的同时，还有一种无法言说的多聊一会儿的欲望，觉得对方并不像葛小会说的那么恶毒、丑陋和不堪，每次说话，胡凡凡都是和和气气的，甚至还有关心、幽默和调侃。

这天上午，胡凡凡在 QQ 上说："小会，书稿读完了，总体可以，但有几个地方需要修改，一是语言不够流畅，可能是因为规避版权吧，但规避版权不可以让上下文断气啊；二是故事前后有重复；三是对战争场面缺少细节化的描写；四是最后一章太草率了，要重写。会啊，最近是不是恋爱过度啊（笑脸）？发挥欠佳嘛。"

杜青盯着这几行字看了几遍，觉得这是胡凡凡最严肃的一次谈话了。但语气平和，最后还是来了句调侃。杜青觉得对方还是好对付的，便回复道："胡主任好，我考虑一下，等身体好些了就改。"

胡凡凡立即问："身体怎么啦，亲爱的？"

杜青不过是想替葛小会拖延点时间，便把自己的病挪到了葛小会的身上，回道："没什么，慢性咽炎，用了点药，过段时间就好了。”

胡凡凡说：“小毛病，要注意休息。我的咽喉也不好。我们这些长期伏案的人都是亚健康。不要太累啊亲，慢慢搞，书稿一周内给我就可以了。”

杜青说：“争取。”

杜青把他和胡凡凡的聊天记录截图发微信给葛小会看，目的是让葛小会知道。但是，葛小会没有回复他。杜青也就没有在意，心想，也许她们还有另外的交流渠道吧。

又过几天，杜青在家待烦了，背着吉他，去了北海。

杜青在北海边的多家酒吧前晃荡，看看有没有招聘歌手的广告。上午，酒吧都是关门歇业的，那些简陋的门脸上并没有透露出有用的信息。杜青也不急，原打算出来活动一天，下午和晚上再去看着顺眼的酒吧找工作，顺便和他相熟的几个歌友见见面。他相信，凭他在业界多年的影响和实力，找个驻吧歌手干干应该没问题，哪怕是串场歌手也可以。

午后的北海一带，行人开始密集起来。年轻、潇洒又英俊的杜青就倚靠在北海边的栏杆上发呆，了无趣味地看着结了冰的湖面上那几只觅食的小鸟，看似在想事情，实际上脑子里漫无边际，空空荡荡。这时候，他的手机有了微信提醒，一看，是葛小会在和他说话：“你不在家？”

杜青说：“不在啊，来北海找一个朋友。”

葛小会回了个“哦”。过了一会儿，又说：“我回来了，收拾自己的东西。本来想跟你当面聊聊的，你不在家也好，就在微信里说吧，也不遮着瞒着了，有一说一，咱们这种日子真是没劲死了，我真是又腻又烦了，不能再将就下去了，趁早分手，对我们都好。对了，那个蓝色的大旅行箱，特能装，本来是你的，这次就让给我用吧。咱们好合好散。”

杜青愣住了。这个消息太突然了，他思想上没有任何的准备，也没有得到过葛小会任何的暗示。哪怕就在他不久前发现葛小会送一个陌生矮胖男深夜出门，他也没有想到会分手啊。葛小会怎么突然提出分手了呢？知道他失业了吗？肯定不是因为他的失业。是她换了新工作进而有了新朋友？杜青拿不准。难道她这些天的不快乐，就是她发出的信号？就是预兆？杜青清醒地认识到，她既然提出了分手，肯定是经过深思熟虑的，这不，直接就收拾东西走人了。

4

杜青回到像素小区，回到家里。

看到熟悉的家，熟悉的环境，和往日基本没有什么变化，只是更整洁了一些。看来葛小会拿走了自己的用品后，还打扫了房间。但杜青还是感到一种陌生，一种不同于往日的气息。杜青伫立在客厅里，既没有伤感，也没有遗憾，当然更没有欣喜和快乐。那些复杂的情绪和思想，那些美好的回忆和不美好的回忆，在路上已经消磨殆尽了——他接受葛小会离开的现实了。

不知道为什么，杜青拿起吉他，坐在沙发上，认真而平静地弹了一首歌，算是对这段爱情和生活的送别吧，也是对新生活的开始。一曲弹罢，杜青不想收手，继续一曲一曲地弹下去，特别是弹他自己写的几首送给葛小会的情歌时，禁不住潸然泪下——歌还能继续唱，也依然是那个熟悉的调调，而听歌的人已经不在了。

更令他奇怪的是，葛小会才走多久啊，房间里就散尽了她的味道。

夜深了，杜青又发呆了一阵后，开始检视房间。他发现葛小会落下的几根长发，分散在地板上、茶几上、沙发上和卫生间的洗脸池边，还发现她遗弃的一些化妆品，几件她不想要的衣服。在书房里，他看到葛小会留下的一张纸条："杜青，感谢你没有骂我。我明天出差，手机和微信都会换，暂时我们不会联系了（真希望你把我忘了，越彻底越好）。这次出差会很久，我和大圣文化的合同，还有点余尾没处理好，如果可能，你也可以适当处置——你不是经常代我和胡凡凡聊吗，她其实挺好沟通的。不多说了。小会"。

这封信就搁在笔记本电脑上。对于这张没有什么价值的纸条，杜青不想多想，不过是为了提醒他，他们彻底了断了，连手机和微信都换了。另外一层意思，这个电脑是大圣文化公司的，什么叫"适当处置"？是让他扔了笔记本电脑，还是别扔？还是还给他们？你葛小会都走了，和胡凡凡还有什么好聊的？代你，以前可以，现在能代得了你吗？杜青觉得葛小会的提醒完全没有必要，他暂时也不想把笔记本还给大圣文化，没那心情。再说，他也可以使用的。他只有一个平板，看看东西听听歌还行，没有笔记本方便。

就像那几根头发和几件丢弃的衣服一样，笔记本电脑是葛小会存在两年多的见证，其他还能说明什么呢？杜青随手移动一下鼠标，电脑亮了，QQ 在闪。他点开一看，是胡凡凡在说话：“亲，介绍一个治疗慢性咽炎的小偏方：桔梗 2 克，玄参 3 克，麦冬 3 克，木蝴蝶 1 克，金银花 1 克，胖大海 1 枚，泡水代茶饮，一日 1 服。可先配 10 服，喝喝看。这个小方子我以前用过，效果不错。或单用罗汉果泡水喝，一次用三分之一个罗汉果即可。”杜青的慢性咽炎是个顽疾，治疗多少次也不见好。虽然有时候好转了，也是靠他年轻的体格扛过来的。真是歪打正着了，胡凡凡提供的这个小偏方，倒是可以一试的。杜青看胡凡凡的留言是今天下午——不，应该是昨天下午的，现在已经是下半夜了。杜青想着要不要回复，又怎么回复。不回一声显然不对，回了，和以往几次取代葛小会又不同了。以往，葛小会还是他的同居女友，他有理由和借口。这会儿再以葛小会的口吻来回复，会不会是欺骗？这样想着，便有了一丝犹豫，同时莫名地涌起一丝伤感——治疗咽炎的小偏方不是提供给葛小会的，就是他需要的，不回应一声，会心生不安的。“谢谢！”他盯着电脑屏幕，还是回了，又加了一朵小花。杜青知道不能多说，胡凡凡不知道是他代葛小会在说话。胡凡凡没有催稿，而是介绍小偏方，实际上就是提醒葛小会，交稿日期要到了。杜青马上觉得，接下来，对方要是接着话茬催稿子，怎么办？

果然，惹祸了，一夜过来，早上刚九点，杜青听到 QQ 在叫。

杜青点开一看，但见胡凡凡在说：“天啦，亲爱的，你昨夜里几点睡的？那么晚了还加班，弄得我都不好意思催稿子了。但是不催是不可能的（笑脸），今天周五，千万别等到下周给我稿子哦，赶快交了，把稿费结了，再写下一本。对了，还有《二战三巨头》的加印稿费，我也制好了表，一起结。”

结稿费？下一本？多么诱人啊。但是，结稿费，是葛小会的钱，下一本，也是葛小会的事，跟他何干呢？杜青没有及时回复胡凡凡。他不知道怎么回。他回到床上，继续睡觉。

不断地咳嗽，加上心里有事，根本无法入睡，更不要说做个好梦了。杜青辗转反侧，看一下时间，都快中午了，该起来了。

杜青准备喝点水吃点东西就去配药——配胡凡凡提供的方子，凭直觉，他觉得这个方子管用。通过代葛小会和胡凡凡聊天，他觉得这个胡凡凡是个靠谱的人。既然有了方子，慢性咽炎又日渐加重，赶快调理吧。他习惯性地拉开电视柜的抽屉，看到只有几张小额的钞票和一堆硬币，这才完全意识到，要靠自己养活了。他没有积蓄，赚的钱都由葛小会掌管。如今葛小会走了，没给他留钱——葛小会的钱也不多。好在微信里的零钱还有几百块，配药应该够了——他更迫切要治好嗓子了，只有治好嗓子，才能找到工作，否则，经济危机马上就到了。

真是怕什么来什么，正准备出门时，房东来电话了，提醒杜青，下周三就是 15 日了，该交第一季度房租了。

一个季度的房租，那是两万一千块啊，他上哪里弄这么多钱？他突然想起早上与胡凡凡的 QQ 聊天了。胡凡凡不是催葛小会去结稿费吗？杜青知道葛小会一部书稿的稿费是多少钱，三万元，签合同时预付了一半，还有一万五可结。当然，三万元看似不少，小会是没有署名权的，就是说，她的书稿，是公司买断的——这也是小会经常骂公司、骂胡凡凡的原因之一。是不是可以利用一下呢？加上《二战三巨头》的稿费，差不多够交房租了。杜青坐到电脑前，把胡凡凡近期的聊天记录看了看，重点看了胡凡凡给《朱可夫》所提的修改意见。杜青在文件夹里找到了《朱可夫》，他断定葛小会没有修改书稿，如果原封不动地把书稿发给胡凡凡，根本骗不了她，也就得不到他想要的费用。怎么办？杜青做了个大胆的决定，他来改。今天是周五，加上明后两天和周一早上，三天时间，差不多能把稿子改完，周一就可以交稿了。可是，杜青又怀疑自己了，能行吗？写完大学毕业的论文后，他是什么文章也没写过啊，就别提一本书了。他脑子里开始回忆葛小会的工作流程，先是查资料，把要写的传主的生平和主要事迹了解清楚，再找一本和传主有关的书，以这本书为蓝本，辅以其他相关书籍，这里摘摘，那里抄抄，再编编改改，斩头去尾，适当地加入自己的描写，美其名曰“攒稿”。小会最得意的那本《二战三巨头》，就是这么“攒”出来的。

别多想了，既然没有钱，工作一时间又没有着落，现成的钱何不拿到手呢？

说干就干。

杜青打开了《朱可夫》的文件，开始逐字逐句地往下顺改。这是他第一次读葛小会的书稿。应该承认，葛小会的文字能力还是相当不错的，语言顺畅、华丽，描写细致、逼真，他找不到有不妥的地方，但也不能不改呀，就根据胡凡凡的意见，在战争场面的描写上，增加了一些细节和形容词，在描写人物的时候，对人物的长相进行夸张描述。到了下午五点，居然改了三十多页。这部书稿一共一百一十多页，照这个速度，下周一早上，完全可以完成工作了。

正如杜青所料，在下班前，胡凡凡又在QQ上说话了，她先发了个苦脸，又说："亲爱的，有人向我逼债，我只好再逼你啦，别怪本姑娘无情啊。"

"主任好，真对不起，今天没写。咽炎挺烦人的，照你开的方子抓药去了。不过稿子也差不多了，还有一点点，下周一早上给你。"杜青更加小心说话了，他知道和胡凡凡聊天的重要性了，他也明白自己的身份了，只要在QQ上和胡凡凡说话，就要立即把身份转换过来，就不能带有一点杜青的口吻和表达方式，而且要把这个习惯培养成常态。

"一点点就不要急了，双休日两天，加个班，慢慢搞，把最后一章弄好。"

"必须的！"

"偏方怎么样？泡水喝啦？有没有效果？"胡凡凡对她提供的偏方看来很得意，"慢性咽炎别想除根啊，能缓解症状就不错了。症状缓解了，心情就好了，心情好了，写作就顺了。《朱可夫》也争取像《二战三巨头》那样，来个畅销。看好你哦！"

杜青觉得这个胡凡凡很暖心贴心的，他不知道葛小会为什么说她是女法西斯。

"谢谢胡主任！"他回道。

"怎么，最近风格变啦？主任主任的，你才主任呢（笑脸），大家都是混饭吃的。”

杜青不敢回话了，怕言多必失。

5

周一早上，还不到八点，杜青就把他费尽心血、熬更打点修改好的《朱可夫》发给胡凡凡了。他估计胡凡凡正在地铁上，等九点到公司后，一开电脑，就看到书稿了。如果一切顺利，下午就可以拿到稿费。

“收到。”胡凡凡马上就回复了。

杜青看胡凡凡的QQ头像显示是手机在线，心里开始忐忑起来，她是如此敬业，一定要在地铁上看了。地铁上人多，拥挤，嘈杂，晃晃悠悠，忽停忽走，阅读也是有间隙的，磕磕绊绊的，效果不一定好。他怕过不了这一关。

十点一过，胡凡凡QQ回话了：“不错不错，看出来用功了，姐的小偏方起了作用。特别是最后一章，改动不小啊，这才是你的风格嘛。上午过来一下，把费用结了，顺便聊聊下一本书的写作。”

杜青的小心脏怦怦地狂跳，生怕读错了字，又把这段话反复读了几遍，确认无误后，才对着胡凡凡的头像哈哈一通狂笑，回了个“OK”的手势。一想，不对呀，去大圣文化公司结算费用的，不是葛小会，是他呀。便又回道：“喉咙难受，咳嗽不停，不想出门了。我派小杜去。”

小杜就是杜青。葛小会平时都叫他小杜的。

“哈，敢把你家帅哥放出来？被人拐跑了别怪我没提醒啊！”

“不怕，看好拿走。”杜青觉得这个胡凡凡还真是幽默，越来越怀疑葛小会对她的评价了，也干脆顺着她的话调侃道，“还搭配一本书的稿费。”

胡凡凡回了三个挺喜庆的笑脸和一个晕倒的卡通图。

杜青心急，他没有花十几分钟走去乘地铁，而是打了个滴滴专车，以最快的速度来到东三环长虹桥通广大厦大圣文化公司。杜青不是第一次来了，还是在去年夏天，他随葛小会来过一次。不过那次来，他没见到胡凡凡，倒是和公司的大老板照了个面。在穿过公司编辑部时，他看到一个个小隔断里的编辑们清一色全是年轻女孩，都睁大眼睛像看怪物一样地看他。杜青在酒吧的舞台上唱歌，什么样的场面都见过，但这种场合还是让他拘谨，毕竟，他是以葛小会的男朋友身份来的，大家对酒吧歌手还是颇有新鲜感的，怕自己的一言一行，影响葛小会的形象。这一次，不一样了，他表面上还是葛小会的男朋友，实际上，没有葛小会的牵绊，他已经不在乎别人怎么看他了。

杜青向靠近门口的一个女编辑打听胡主任，让那个女编辑大为兴奋，立即站起来，手捂着胸脯，激动地说：“你是杜老师吧？大歌唱家，啊，太崇拜了。我叫阿左，我听葛老师讲起你……等会儿给我签个名啊！”阿左还没有昏了头，指向里边的一扇玻璃门，“呶，胡老师在那儿！”

杜青第一眼看到胡凡凡时，瞬间觉得被蒙骗了，被葛小会蒙骗了，胡凡凡不是葛小会说的那样，又是丑怪又是垃圾又是女法西斯，她是一个典型的职业美女，瘦高，白皙，鹅蛋脸，鼻梁挺直，眼睛大而有神，长发飘飘，面相亲切、和蔼，穿一身深蓝色的职业套装，干练而整洁。一件深红色的大衣挂在衣架上，一条绉纱围巾挂在大衣边。她真是一个讲究的人，杜青内心感叹着，有点紧张地自报家门道："我是杜青，小会的男朋友。"

"……知道你要来，请坐请坐。"胡凡凡脸色突然红了一下——仿佛是阿左的紧张传染给了她，为了掩饰，赶紧说，"给你倒杯水。"

"不用……小会身体不好，要赶着回去。"可能是紧张所致吧，杜青喉咙奇痒，要咳嗽，强忍着，没忍住，还是一连咳了几声。

"嗬，被小会传染的吧？慢性咽炎不传染的，来来来，喝口水就好了。"

杜青只好接过水，喝一口。

"真是个暖宝男，对小会那么好。长话短说，小会的银行卡带来了吧？还有身份证，你的身份证也要。"胡凡凡从一个绿夹子里拿出几页纸，"这是新书的合同。关于二战人物系列，小会已经写了八九本了，这一本，我们请她写巴顿。条件不变，十五万字，三个月完稿，三万块钱稿费，合同签订时，预付一半，完稿并审定后，付另一半。署名权、版权买断。你把合同带回去，小会签好后，送来也行，快递过来也行。"

杜青从胡凡凡手里接过合同，说："没带小会的身份证……给现金可以吗？"

"不可以。"

“那怎么办？打到我卡上，我会把款转给小会的……放心。”杜青目不转睛地盯着胡凡凡，努力让自己平静，虽然他的心正在狂跳，害怕对方再说“不可以”，或打电话问葛小会。

“肯定放心，只是，不知道符不符合财务制度。”胡凡凡躲开杜青的目光，眼睛无处安放地说，“我去问问财务啊……稍等。”

胡凡凡从他身边走过去了，长发也在他眼前飘忽而过，散发出好闻的鱼子酱洗发香波味，和葛小会的洗发香波是同一款的。

“可以！”胡凡凡旋即就回来了，比刚才放松多了，神情自若，满脸含笑，仿佛去了一趟财务，消除了她的紧张，仿佛这事情容易办妥，钱像落到她的腰包一样，“把你的银行卡还有身份证给我。你也过来，签字。”

杜青办了手续，又跟着胡凡凡回到她办公室，拿了新合同要走。

“听说你唱歌很好听，”胡凡凡狡黠地跟杜青眨一下眼，“别净唱给小会听，什么时候也让姐妹们欣赏欣赏——不好意思，我们很多人还从未去过酒吧呢。”

“这个太方便啦，你来定时间。”杜青的话干脆利落。

胡凡凡马上笑靥如花地说：“开个玩笑，开个玩笑——好吧，让我来和小会商量一下。”

离开大圣文化公司的办公室，电梯里的杜青心情特别的好，仿佛电梯不是下行，而是带着他飘了起来，心里有一种莫名的甜蜜。事情办妥了，还认识了美女主任，美女主任的笑容很甜美，说话也好听，还会脸红，还想听他唱歌，办事更是周到、认真、热情。本来，杜青只想拿走《朱可夫》这一本书的尾款和《二战三巨头》的加印稿费，下一本书找个借口不签了。现在他改变主意了，这本《巴顿》，他决定要写。既然没找到工作，而且还有十来天就到鼠年春节了，酒吧肯定不会再招人了，何不尝试着写一本书呢？根据他从葛小会只言片语中得来的信息和经验，和修改《朱可夫》中学到的技巧，他有信心把巴顿敷衍出一本书来。

杜青一到家，立即模仿葛小会的笔迹，在合同上签了字。正想着明天或后天就送合同时，胡凡凡又在 QQ 上说话了：“在吗？刚才把《朱可夫》的稿费尾款打在你家帅哥的卡上了。”

杜青赶快回道：“知道了，小杜跟我说了，谢谢呀。对了，《二战三巨头》加印的稿费忘了吧？”

“你看看，被你家帅哥迷住了，还真忘了，哈哈，怪我怪我。也打到帅哥的卡上？”

“可以。”杜青说，“新合同什么时候给你？”

“不急，我们二十号放年假，你什么时候方便什么时候送来。对了，友情提醒，《巴顿》四月十五日交稿，只能提前，不能拖后，这回可不能再犯拖延症啦。”

“放心。”

“当然放心啦。笑死了，刚才逗逗你家帅哥，请他带小姐妹们去酒吧玩玩，他居然答应了。你要提防点啊，把他看牢了，别叫谁都能把他给拐跑了。”

“免费拿走！”

“哈哈，当真？别后悔啊。”

杜青不知道如何回了，只给她发了三个大笑脸，心里却是美滋滋的。

6

不知道什么时候飘起了雪花。北京的雪花飘起来就很闹，一团一团的，一旋一旋的，没有风的助力，同样可以在空中舞蹈。地上已经一片白了。马路上车辆的新痕也是白的，闪着路灯的光泽。车辆和行人都在小心地行走。雪景在灯色中格外的迷蒙又格外的梦幻。

迷蒙和梦幻的还有杜青。

杜青的心和飘飞的雪一样的乱。在他身边，伸手可触的，就是胡凡凡。

胡凡凡真美啊，穿修身的大衣，围休闲的围巾，由于新雪正在飘落，雪软，地滑，她不能像淑女那样稳重地行走，时刻做好要把杜青当扶手的准备，战战兢兢，慌慌张张。杜青印象中，他在下午出门时，天还是晴的，还有太阳——他是送《巴顿》的合同来的。出门前，他以葛小会的口气在 QQ 上告诉胡凡凡，下午杜青去送合同，要拐到同仁堂买点中成药，可能会晚到一些，让她稍微等等。胡凡凡就在办公室等他了。他到的时候，下班已经半个多小时了，编辑们都走光了。偌大的办公室里灯火通明，空空荡荡，只有胡凡凡在她的小办公室里加班。胡凡凡依然是气质非凡、光彩照人。杜青把合同交给她的时候，情不自禁地夸道："你今天真漂亮。"胡凡凡显然没有料到杜青会这么说，脸红了，很不自在的样子。杜青是第二次看她脸红。如今，爱脸红的姑娘已经成为稀缺动物了。胡凡凡的脸红也不是故作姿态。有些姿态是做不出来的。也不是见到陌生人就脸红的那样，她是心乱了，一向不善于揣度别人的杜青确实感觉到胡凡凡的心和他的心一样的乱了。杜青想起上周他代葛小会和胡凡凡聊天，胡凡凡要葛小会看好杜青的玩笑话时，他代葛小会说，免费拿走。胡凡凡说，当真？别后悔啊。杜青当真了，他趁她的脸红，追击道：“请你去酒吧喝酒听歌啊？”胡凡凡更慌乱了，说：“今天？现在？”杜青说：“是啊。”胡凡凡说：“你唱？”杜青说：“这次听别人唱，下次听我唱。”胡凡凡说：“好呀……太突然了吧？嘻嘻嘻，接受不了了……”胡凡凡试图调侃，觉得不对，又一本正经道：“你敢把小会一个人扔在家？”杜青说：“她不就是喜欢在家嘛，作家，就是坐家。”胡凡凡说：“人家那是工作好不好……哎呀，叫你一说，还真有点饿了。”杜青说：“那就去吃饭吧，反正回家也要吃的。你是因为我才耽误这么久……给我一个道歉的机会嘛，爱吃什么？”胡凡凡说：“平时晚上都不吃的，减肥。”杜青说：“小会晚上也不吃——她确实是应该减肥了，你不用。”胡凡凡笑道：“你敢说小会的坏话，当心我告你黑状。吃点什么呢？隔壁有一家甘树子，我喜欢那个味儿，酸酸甜甜的。甘树子烧鱼，有特色，好吃。”于是，他们欣然来到甘树子，要了一盘鱼，又要了两个特色小菜。一边吃一边聊，话题很少，他们还没有熟到什么话都能聊的程度，基本上是在说稿子，又基本上是在说葛小会写的二战风云人物系列。主要是胡凡凡在夸葛小会的文笔。杜青便追问了几句，譬如，什么样的文笔才算好呀？葛小会的文章优点是什么呀？等等。胡凡凡的回答，杜青不是完全听得懂，但是，一知半解也是大收获了。不知不觉快十点了，一个冲进店里拿外卖的骑手惊呼道，外边下大雪了。他们才结束这场和雪一样突如其来的晚餐。

“雪这么大，应该再吃一会儿。”杜青遗憾地说。

“嘻嘻，我也觉得，再回去啊！”

“好呀，干脆去酒吧吧。”杜青积极响应。

“开玩笑，开玩笑，小会还在家等你呢……你吃饱没有？感觉你一直在看我吃。”胡凡凡快乐地说，“你喜欢看别人吃饭？”

“我是看你，不是看你吃饭——我吃好多的。”杜青紧挨着胡凡凡，他看着路灯照着雪色映在胡凡凡微微泛红的脸上——她喝红酒了，脸色一直是红的，心里感叹着她的美丽。

一棵棵道旁树的树枝上已经堆积了很厚的雪，累弯了树枝。有成团的雪落下来。胡凡凡为了躲雪，胳膊撞到了杜青，杜青只是趔趄了一下，她却差点摔倒。

“你不会要摔一跤吧？”重新走在雪地里，杜青看她滑滑塌塌、摇摇晃晃的样子，欲扶而未扶地说。

话音未落，胡凡凡突然惊叫一声，脚下一滑，倒向杜青了。

杜青一把接住她。

两人很别扭地站在雪中，两对目光深情而胆怯地相望着，心跳狂乱起来，灼热的唇亲吻到一起了。

三秒还是五秒，反正很短暂，胡凡凡就从杜青的怀里挣脱出来，猛推了他一把，严厉而恨恨地说：“真没想到你会这样！”

胡凡凡快步走开了。

杜青愣了愣神，立即去追她。杜青在快要追上她时，摔了一跤，连滚带爬再起来时，引得路人窃窃哂笑。

在别人的偷笑中，杜青还是追上了胡凡凡，他说：“你住哪儿？我叫车送你。”

“不用！”

杜青又紧跟几步，走在她身边。

胡凡凡又差点滑倒。

杜青眼疾手快地扶住了她。

她迅速甩开杜青，恼怒地说：“请你自重！”

杜青刚想开口。

“离我远点！”

“可是……”

“我要喊啦！”

看前边就是地铁十号线农展馆站的入口了，杜青只好说：“慢走啊。”

杜青没有得到胡凡凡的回应。他站在雪地里，看着胡凡凡走进地铁口，看着她踏上了电梯，看着她身体的下降，然后消失。

其实，杜青也是坐十号线，然后转六号线。他之所以没有继续追胡凡凡，和她一起乘坐地铁，是为了避免进一步激怒她，也是为了避免自己的尴尬。

回到家里的杜青并不后悔自己的“鲁莽”，在他混沌而迷乱的感觉中，应该是胡凡凡主动吻他的。他觉得胡凡凡也不是真要生气，可她还是真生气了。杜青心中明白，葛小会已经离他而去了，他有爱的自由。而胡凡凡不知道他和葛小会已经分手，作为葛小会的领导，在胡凡凡看来，强行去夺别人之爱，是不道德的。这就能够解释胡凡凡为什么在雪夜里亲自浇灭已经萌发的爱情火苗了。

坐在电脑前的杜青看着胡凡凡的QQ头像，心里的火苗还在继续燃烧。胡凡凡的QQ头像是蓝天白云，蓝天当然没有什么可说的了，那几缕轻巧的白色云絮，自然形成一个人的笑脸，清雅而可爱。杜青看她此时的状态是手机在线，想跟她说点什么。可他一说话，就不是他了，就是葛小会了。这时候，葛小会又能说什么呢？说什么都不对，都不能代表杜青此时的心情。

第二天早上，杜青早早就乘地铁来到通广大厦。他径直走到胡凡凡的办公室。

“你来干什么？”胡凡凡的脸色是冷淡的，口气也像室外的空气，足有零下十度。

“我来……告诉你，我爱你！”杜青的声音虽然很低，却很坚定。

“脑子坏了吧？”胡凡凡躲过了他的眼神。

“我爱你！”杜青更加坚定地说，“一大早，就是来告诉你，我爱你！”

“切，”胡凡凡苦笑笑，又严厉道，“好吧，我来告诉你，你有女朋友了，而且你的女朋友在为我们公司工作。我是她的主管。这是欺骗好不好？也极不道德。你不能骗她，也不能骗我。你骗她就是骗我……明白吗？总之一句话……你可以出去了，滚出去，现在，立即！”

杜青知道，隔着玻璃，有无数双眼睛在注视着他们。这种场合和环境不是谈情说爱的地方，他也无法陈述对她的爱，而且对方又是如此的严厉和决绝，也就换了一种口气道：“我是受小会委托，来重签合同的。”

“重签？”

“对，这份合同太不公平了，小会辛辛苦苦写一部书，却要署上别人的名字，成为你们公司的书，而她只拿到区区三万块钱，还是先付一半。付一半是不信任，三万块也太少，就像自己的孩子，好不容易十月怀胎，一出生就被别人抱走了，这谁受得了？所以，以前的合同霸王条款太多，不合理。”

“可合同已经签了啊。”

“重签——这就是我冒着严寒一大清早跑来的……另一个原因。”

“重签？不可能！”

“必须重新谈判！”杜青也一刻不让。他明知道无理，也要闹下去。只有闹下去，才有机会赢得他想要的爱情。

“……明白了。”胡凡凡也换了一种口气，“我如果要说你这是讹诈呢？”

“随你怎么说。我是特地来代表小会谈判的，要么合同重签，稿费由原来的三万提到四万——这并不多，而且稿费要预付百分之百，不是原来的百分之五十。要么，我们单方面违约。我的话说完了。我的意见就是小会的意见。再见！”

“百分之百？昏头了吧？”

杜青已经摔门而出，假装听不到她的话了。

7

怎么都没有想到，2020 年 1 月的上半月里，杜青的生活发生了这么大的变化，他请了个假就失业了。同居两年的女友葛小会离她远走高飞了。非常狗血的是，他又以葛小会的名义接替了她的工作。鬼使神差地，他又爱上了前女友的上司胡凡凡——遭到了对方的拒绝。杜青以葛小会代理人的名义从胡凡凡那儿结算了一笔稿费和奖金，又拿到新书签约的定金（不是百分之百，经过谈判，是百分之六十，稿费也没有提高），不仅缓解了经济危机，还余了几万块钱，可以安心把《巴顿》写完了——反正春节前后是酒吧的淡季，一时半会儿找不到合适的工作。即便酒吧让他去唱歌了，收入也没有写书高。更何况，写书，还有机会和胡凡凡接触，继续追求他心中的女神。这才是他最为看重的。他反复问自己，爱胡凡凡吗？回答是肯定的，不是心血来潮，不是要填补空虚，是真的一见钟情，他相信自己的感觉，就算他和葛小会没有分手，他也有可能不顾一切去追胡凡凡的。因此，他才冒着极大的风险，要和胡凡凡重签合同。能重签合同当然很好。如果不能重签，还有假葛小会（他自己）在后边圆场嘛，不会断了交往的。没想到，胡凡凡第二天中午就通知“葛小会”，合同可以重谈，并把重签的合同通过 QQ 发来了。虽然变化不大，只是在《巴顿》的预付款上涨了百分之十，杜青也很得意了。胡凡凡说得没错，这就是讹诈。不过胡凡凡为了躲避杜青，让“葛小会”把合同打印好签字寄给公司，公司盖好章再寄给她。为了稳住胡凡凡，也为了不至于露马脚，“葛小会”照办了。“葛小会”还请胡凡凡寄来了几本书，就是葛小会的二战人物系列。杜青明白，既然模仿葛小会的文笔，不看她的书怎么能行呢？在和胡凡凡来来去去的邮件交流中，杜青最怕发生的一件事就是胡凡凡向葛小会告他一状，哪怕就是暗示他行为不轨，也是胡凡凡的一种态度。让杜青欣慰的是，胡凡凡只字未提那晚的约会，更没提雪夜的冲动。这是不是也是一种态度呢？

在接下来的日子里，杜青开始足不出户，加足马力写作了。

1 月 20 日，几天没有动静的胡凡凡，在 QQ 上和“葛小会”说话了：“亲，公司今天放假了，正月初十，即 2 月 3 日上班。有事可留言，我 QQ 都挂着。”

杜青回道：“收到。假期快乐！”

如果按照葛小会的风格，她只会回个“收到”，甚至一字不回。可杜青按照自己的行事风格，又赠送一句“假期快乐！”后缀的这一句并未引起胡凡凡的怀疑，相反，还赢得她一杯“咖啡”。杜青觉得他现在是双重人了，既是杜青，又是葛小会。两个角色的并存或自由切换，让他既得意，又有冒险的刺激。

安心写作的杜青并不知道 2020 年年初会发生这么多事情，特别是一场突如其来的新冠肺炎疫情，几乎席卷了全国。虽然他的微信朋友圈里，也有许多关于新冠肺炎疫情的传说，他对此并没有慌张，也不知从何关注（实际上是无暇关心）。他关心的是写作的进度，是正月初十的上班，他就可以有借口去大圣文化了，就能有借口去找胡凡凡了。但是，突然有一天，杜青接到葛小会打来的电话，对方是用一个陌生的座机打的。杜青就感觉外面的世界的确和平时不一样了。葛小会告诉杜青，她在武汉，被困在宾馆里了。杜青知道葛小会出差，不知道她去的是武汉。武汉封城了。杜青对封城的概念还懵懵懂懂。直观上，他只知道葛小会在武汉回不来了，至于回不来又怎么样，他同样没去多想。葛小会为什么要说这个事呢？去年的春节是和葛小会在一起过的。今年就算她不去武汉，不被武汉封城所困，她也不会和他一起过年的。对于这个年，对于杜青来说，和平时的生活没有什么不一样，一天按时做三顿饭，其他时间都用来写作。他非常喜欢这样的状态，毕竟，和胡凡凡的见面，才是他写作的真正动力，顺便还能解决经济上的困境，真是人生最值得追求的大事了。但是从葛小会的电话，他还是听出了别样的信息，她说在武汉封城的这些天里，和另一个人同处一个封闭的空间里，没过多久，就认清了人的本性。杜青就感觉到，葛小会所说的出差，也许不仅仅是出差，很可能是和新任男友（是那个矮胖男吗？同时也是她的新老板？）的秘密旅行，带点度蜜月的性质。但他从葛小会的电话里没有听出后悔的意思，虽然这个电话本身已经说明了问题。在一个特别时期的特别地点，遇到前所未有的封城，和谁在一起都是一场灵魂的考验。

紧接着，杜青所在的北京像素小区出台了各种措施，都和防控疫情有关。比如要办通行证了，比如每户每天只能有一人次外出了。杜青都按照规定办了手续，严格执行，他还自作聪明地买了两袋大米，买了二十斤土豆、十斤猪肉和五斤卤牛肉。还买到了一百只一次性口罩和几瓶洗手液，有了这些战略储备，他只顾安心创作了。

正月初十，也就是2月3日很快就到了。杜青给胡凡凡发了一朵小红花，还炸了一挂鞭炮。因为今天是他们公司上班的第一天，他要问候一声。

胡凡凡回了三朵小红花，并且说："葛小会，亲爱的，看到你说话真是太开心啦，哈哈哈，我也活着。"

杜青回了她三个拥抱，心想，胡凡凡平时和葛小会说话都是不称全名的，偶尔称"会"或"小会"，更多的是称"亲"或"亲爱的"，这次如此的郑重其事，说明人的心态在疫情面前，还是发生了微妙的变化，可她怎么说还活着？莫非遇到什么事啦？感染新冠啦？杜青试探着说："凡凡，你……怎么啦？"

胡凡凡说："没什么，挺好，胖了。天天睡觉啊，抗疫日当午，睡觉好辛苦！睡了一上午，还有一下午。晚上接着睡，实在太辛苦。上午睡，下午睡，晚上还得睡，今天睡，明天睡，后天还要睡。以前天天说觉不够睡的，现在好了，让你一次睡个够。哈哈，不过我是知道你的，你不会睡觉的，你一直都是工作狂——《巴顿》的写作还顺利吧？"

"非常顺利。"

"你一送花，一炸鞭，我就知道了。"胡凡凡说，"幸亏年前赶着把《朱可夫》过了黑马排了版送出版社了，社里答应抓紧审稿，如果不出意外，月底能申请书号，4 月左右就能拿到样书了，否则，不知要等多久呢。不过现在的情况也难说，疫情之下，什么意外都能发生。印厂多会儿复工还不知道呢。我们上班时间也延迟了，本来是今天上班的，现在改 2 月 10 号上班了，而且是在家上班，在钉钉上打卡。《朱可夫》有什么进展或改动，我会立即告诉你的，你新书写作如果遇到什么困难，也及时沟通哈。"

"晓得。"杜青的回复都很简洁，一来要保持葛小会的一贯风格，二来也怕不小心说漏了嘴。

"对了，你的微信怎么啦？把我删啦？还有手机也打不通。这时候玩失踪，会叫人担心的。"胡凡凡说。

"不好意思，我手机掉马桶了，疫情期间，也懒得去买手机了，反正我不出门的。这样吧，你加一下杜青的微信，有事和他联系，他会转告我的。"杜青打完这几行字，心里窃喜，觉得回答算是天衣无缝了。

"那就算了吧，有事还在 QQ 上说。"

"加一下吧，万一我不在电脑前，联系小杜也行，方便的。"

"你家杜青太帅了，我不敢加他的……开个玩笑啊，你把杜帅哥的微信告诉我吧。"

"就是手机号。"杜青得意地把手机号码告诉了胡凡凡。

不多会儿，杜青就收到胡凡凡发来的申请好友的信息了。杜青同意之后，也给胡凡凡发了一朵小红花，还说："胡主任好！"

不出所料，胡凡凡没有回复。

整个一天，杜青都在看胡凡凡的朋友圈，反复看。胡凡凡和大多数忙于工作的90后一样，不太刷朋友圈，而且还设置了半年可见，所以，她的朋友圈的照片、微文和视频只有区区几条，真是经不住看。但有一组去年国庆期间爬香山的照片，九宫格都排满了，有漫山红叶的风景，也有五六张她本人的靓影。这几张照片一看就是精心挑选的，角度都选取她最美的部位，细腰丰胸的婀娜状，侧身的大长腿，俏丽的微笑，还有一张站在长长的石阶上，把外套搭在臂弯里，露出了低腰牛仔裤和黑色小T恤之间的一截小肚皮，有点卖弄风情的意思。这几张照片，和她上班时的严谨完全是另一种风格，可以说展示了她生活的另一面。杜青毫不犹豫地就把那几幅照片下载了，包括那张唯一的合影。合影者也是个美女，就是和胡凡凡在同一个公司上班的阿左，那个一惊一乍的女孩，她个头比胡凡凡要小一号，正向着镜头扮鬼脸。不用说，阿左是个调皮可爱的姑娘。朋友圈里唯一的一个短视频，是胡凡凡和阿左在吃生日蛋糕，不知是谁的生日。视频是阿左拍的，从她自拍开始，转到了胡凡凡。胡凡凡一边吃一边还躲着镜头说一句“别拍我呀”。杜青也把视频里的胡凡凡做了截图，一连截了几张，作为照片保存了。

有了胡凡凡这几张照片，杜青的日常生活变得丰富多彩起来，在写作累了的时候，或在睡觉前、醒来后，都要看看胡凡凡的照片，放大了看，缩小了看，整体看，局部看，看了又看，看了还想看，每次都看不够，每次都满心的欢喜，又淡淡的忧伤——欢喜是他认识了这么一个知性而漂亮的女上司，忧伤是他无法更切实地接近她，亲近她，更不能暴露自己的身份。看完照片，还要再翻翻她的朋友圈，明知道没有更新，也要去看看，害怕遗漏了什么。

8

杜青笔下的巴顿将军，已经写了十多万字了。照这个速度，不用到4月15日，3月底或4月初就能交稿了，甚至还可以提前。果然，到了3月8日晚上，杜青考虑给《巴顿》收尾的时候，心情愉悦地看了看胡凡凡的朋友圈。这一看给他带来了大惊喜。胡凡凡在朋友圈发了一组照片，标题叫《特别的女神节》，内容全由照片组成，她和阿左去挖荠菜了。今年是个暖冬，春天来得早，照片上，有草窠里露出的绿色的野菜苗，有胡凡凡拿着一棵荠菜在笑，还有她们挖了半篮子的荠菜。杜青手欠，立即点了个赞。又把照片反复看了几遍，全部下载收藏了。

杜青用葛小会口吻，在QQ上和胡凡凡说话："听杜青说，你和阿左去挖野菜啦？你那儿疫情解除啦？"

"管管你家帅哥啊，嘴巴真长。"胡凡凡说，"正想着明天问你稿子的进度呢。"

"没问题，月底交稿。"

"神速啊。"胡凡凡立即竖起了三个大拇指，又说，"疫情哪能解除啊，不过我们可能下下周，即16日要去通广上班了，大厦通知我们，可以复工。"

"好。"杜青说，"什么时候再挖野菜，把我叫上，我也想出去透透气。"

“那下周吧，周六周日都行，我们是在减河的河堤上挖的。减河知道吧？在通燕高速和武夷花园的中间。我就住在武夷花园，在地铁六号线通运门下车，过了运河公园就到了。早点来呀，挖了野菜来我家包饺子吃。”

“能进小区？”

“能，我先进去，把出门证从栅栏递给你，我看有人这么办过。”

“好。”杜青故意逗她道，“我把杜青叫上可以吧？”

胡凡凡回了个“OK”的表情，又说：“那是你的男神，你做主。”

杜青乐了，都笑出了声，觉得胡凡凡说他是男神，并不是要敷衍葛小会，就是她的真心称呼。

3 月 14 日很快就到了，头一天晚上就约好，葛小会和杜青早点到，九点之前在通湖大街华联商厦门口，她和室友阿左提前等候，然后去减河大堤，一个小时挖野菜，十点回家包饺子。

正如杜青所料，当胡凡凡没有看到葛小会而只看到杜青一个人骑着扫码单车到了时，她脸上出现了介于尴尬和不悦之间的表情，虽然戴着口罩，从眼神中也能明显地感觉到。而杜青的解释也有充分的道理：“小会的慢性咽炎越来越厉害了，不时地小咳嗽。这个时候咳嗽，挺讨厌的。她怕你们嫌，也怕地铁上被人查，临时决定不来了。正好在家写稿子，派我来做代表，还再三叮嘱，要把荠菜饺子带回几个给她尝尝。”

当着室友阿左的面，胡凡凡不好说什么，简单寒暄两句后，胡凡凡小声又故意地跟阿左说："我都不想去了，你和杜老师去挖野菜得了，我去家和面，等你们……要不，散了也行，各回各家，改天再约。"

"那怎么成？为啥要散？"阿左操着东北口音，夸张地摇着胡凡凡的胳膊，小声道，"这疫情闹的，都几个月没见到帅哥了，送上门来你还挑肥拣瘦，那我就不客气啦……嘻嘻，其实我也不敢啦，我怕小会姐打死我啊——去吧凡凡姐？"

"哈，瞧你这嘴！"胡凡凡突然释怀般地说，"不就是挖野菜嘛，走。"

杜青心里松了口气，说："要我干什么？"

"你呀？挖野菜啊，还想干什么？"胡凡凡口气终于放松了。

"想干什么都好……嗨，弹吉他唱歌啊，我们还没有福气听过呢。"阿左还处在兴奋中。

杜青都好久没唱了，自从开始《巴顿》的写作，连吉他都没有再碰过，经阿左一说，他才发觉自己过去的才艺是不是都荒废啦？可他不能说只顾写书了，又不能提慢性咽炎的事，只好含糊其词地说："唱歌……好啊。"

"可你没带吉他。"阿左一脸遗憾的表情。

"你朋友那儿不是有一把吉他？ 48号楼的。"胡凡凡提醒阿左道。

"……就是啊，瞧我这脑子，还是我姐聪明。"阿左狡黠地把篮子扔过来，"喏，拿上。回来我去借把吉他来。"

杜青接过篮子，跟在两个女孩的身后，向减河走去。听话听音，胡凡凡也想听他唱歌的。

从武夷花园小区边的道路穿过，就是减河公园了。减河公园不是封闭的城市公园，并没有围栏，疫情期间也无人进出。公园的林子很茂盛，林下也会有荠菜。杜青看到荠菜了，说这不是荠菜吗？阿左说河堤上更多，都是大棵的。确实，减河南堤也是公园的一部分，高大的白杨树下，土很松软，分布着一株株墨绿色的荠菜。由于其他的草木还没有发芽，荠菜格外的显眼，不多会儿就挖了大半篮子，回到武夷花园小区的家里了。挖野菜的整个过程中，胡凡凡都没有和杜青说话，就算是杜青因为一棵菜不认识（其实也是荠菜的一个变种），问她，她也不吭声，而是喊来阿左，让阿左讲给他听。阿左是个鬼精灵，她也看出他们俩之间微妙的关系了，不再开他们的玩笑了——有时候，假戏可以开玩笑，真戏反而不便于开玩笑了。

回到武夷花园小区时，忘了从栅栏递出门证的事了，直接被保安拦在了大门外。当着保安的面，又不能明目张胆地作假，费了不少口舌都不行。胡凡凡只能说杜青是她同学，也住在北京。那也不行。阿左灵机一动说，人家不是一般的同学，是情侣，要不是疫情，五一就领证结婚了，你们也太无情了，疫情期间情人就不能相会啦？弄得保安也觉得无理了。又商量半天，查了杜青的出行轨迹和健康码，量了体温，做了登记，才放行进去。这个小插曲进一步告诉杜青，胡凡凡其实是欢迎杜青来做客的，不然，凭着没有出门证的借口，大可不带杜青回来了。

一进小区，阿左就给她朋友打电话借吉他。很可惜，她朋友的吉他坏了。阿左很失望，胡凡凡也一脸失望的神情。杜青很慷慨地承诺，等疫情过去，请她们去酒吧里听他的专场。阿左高兴地和胡凡凡击掌，两人都露出期待的笑容。

包饺子的时候，杜青还看出来，胡凡凡很专注，很卖力，很用心，也很能干，做事利索，从择菜、洗菜、切菜，到加调料、和馅子，都由她一手包办，擀饺子皮也是她来，擀面杖在她手里很灵活，擀出的饺子皮，又软又薄。阿左和杜青负责包。阿左更是了得，包饺子的速度比杜青快多了。杜青一个还没包出来，阿左已经包了三个了。杜青是南方人，家里人没包过饺子，到北京后才学，这是第二次包。阿左笑话杜青包饺子丑，还嫌他包的饺子瘪。阿左本想再开开玩笑的，毕竟，在小区门口，连情侣的话都说了嘛。看胡凡凡一直是正经的表情，口气便也正规起来。杜青也感觉到这种严肃的气氛了，但他心里还是乐意的，很开心的。杜青一边跟阿左学包饺子，一边偷偷观察着胡凡凡。胡凡凡精心打扮过自己了，脸色光洁，嘴唇湿润，眼睛有神，妆化得既精细又巧妙。有的人化妆喜欢让人感觉到是化过妆的，有的人，比如像胡凡凡这样，是把化妆当成无妆来处理的，这应该是更高级的化妆了。挖野菜时所穿的不是大衣，而是一件黑色的短款羽绒服，衬紫红色的高领打底衫，蓝色牛仔裤，白色旅游鞋，精干、利落，又不失休闲和考究。就连搭配的口罩，不是黑的，不是白的，而是浅绿的，和她的衣着非常的搭调。到家以后，脱了羽绒服，换了拖鞋，忙前忙后的时候，修身的紫红色打底衫配上紧身的牛仔裤，完美地衬托出她细腰、翘臀、丰胸的身材。可惜杜青不能或不敢细细打量和好好地欣赏，在有一眼无一眼的目光中，怕被阿左看出他的暧昧来。如果要和阿左没话找话说，又怕此地无银三百两。总之，这一顿饺子宴，杜青既一直处在兴奋和感动中，又一直心怀美好、小心翼翼，甚至幻想着，他和胡凡凡才是主角，阿左不过是他们请来的客人罢了。杜青猜不透胡凡凡的心思，但是至少胡凡凡是知道他的心思的。而且杜青还明显感觉到，胡凡凡是不自在的，拘谨的，不安的，表面上的安定和平静，实际上和他一样，内心也是暗流涌动。这就够了。杜青对于今天计谋的得逞特别的满意。至于阿左，杜青的感觉，她是对他充满好奇的，因为阿左瞅准机会，问他："是不是搞艺术的都爱留长头发？"杜青说："也有留光头和大胡子的，还有光头和大胡子同时留的。"阿左说："有没有光头和长发同时留的？"杜青随口说："有的。"阿左听后，先是屏住气，最后憋不住，还是"扑哧"笑了。他看到胡凡凡也偷乐了一下。杜青这才意识到，他中了阿左的套路了。所有这些细节，都是微妙的，有意味的。

大家围坐吃饺子时，杜青看到胡凡凡留了一盘，还自言自语地说："小会肯定闻到香味了，这盘留给她。"

下午杜青早早就回来了。一到家，杜青就在 QQ 上说："饺子真好吃。胡主任，我家小杜没淘气吧？"

"说话不算话，裤子当小褂。不爱理你！"胡凡凡回了这一句话，果真不理会"葛小会"了。任凭"葛小会"给她送花或是献茶，她都没有再回。

9

当杜青得意地将十五万余字的长篇纪实文学《巴顿，坦克战神》的书稿发给胡凡凡时，他没想到后果会是这么严重——胡凡凡是在三天后回复他的：“葛同学，这是你写的稿子吗？一场疫情能让你的智商退化这么多？我都不想说了，你觉得这个稿子能出版吗？你都写了八九十几本书了，怎么能炮制出这么一本怪胎来？你自己再看看……这合同可是重签的，提高了预付的……我真受不了了。”

杜青看着这一堆冷冰冰的文字，心里一下子凉透了，也慌了。几天前的得意一扫而光。杜青回了抓狂和流泪的两个卡通表情。

“小会，亲，刚才我有些激动，请谅解啊。这部稿子确实问题很多，好在时间还有，你抓紧改吧，希望改后的稿子别再让我发疯。另外，书名可以叫《坦克战神巴顿将军》。”

杜青这才体会到葛小会为什么骂胡凡凡冷血、专制、女法西斯了，她确实够严厉的，批评起人来一点情面都不留。他现在不过是葛小会的替身，都能感觉到难为情了。同时他也想到，当年葛小会是忍受了胡凡凡多大的折磨啊。葛小会能够坚持下来，写了这么多书，真不简单。他从内心里开始钦佩葛小会了。但是，杜青确实不知道书稿怎么改啊，确实不知道问题出在哪里啊，他连一个求教的人都没有了。能求教的，只有胡凡凡了，可他怎么开口呢？

且慢，还是再读读书稿吧，看看能不能发现问题。

说真话，以杜青现在的写作水准，加上他对一本书的整体把握能力，还真的找不出问题出在哪里。他用一天时间把书稿又读一遍，虽然也发现书稿没有葛小会写得精彩，但如何修改，如何提高，如何能让胡凡凡满意，他是一点招法都没有了。怎么办？合同是他谈的，签字是他签上葛小会的名字的，如果公司追究起葛小会的责任来，肯定会拔起萝卜带出泥的，肯定会真相大白的，胡凡凡会理解他吗？会帮他吗？万一胡凡凡因为此事而反感他，那他就孤立无援了，就是欺诈了，就是骗子了，弄不好还要承担法律责任，不，肯定要承担法律责任的，退钱是小事，他就会成为一个被告，丢人就丢大了，胡凡凡也会奚落他笑话他的。胡凡凡的奚落和笑话还是小事，他会彻底失去胡凡凡的。

焦头烂额的杜青只能采取笨办法，把葛小会从前出版的书拿出来看，这是春节前胡凡凡寄来的，当时就是他想从中学到点东西，请胡凡凡寄的。可是他自信过了头，收到书也没有细读，只粗粗读了一本，就下笔千言地写了。现在好了，该补的课还得补，该偿还的债还得还。他把书搬了出来，一大摞，有《自由之魂戴高乐》《沙漠跳鼠蒙哥马利》《谋略元帅华西列夫斯基》《铁血首相丘吉尔》《将军总统艾森豪威尔》，还有《沙漠骚狐隆美尔》《战争狂徒山本五十六》等，当然还有《二战三巨头》了。他觉得巴顿是美国人，那就读《将军总统艾森豪威尔》吧。一本书读下来，觉得自己也是按照这个路数来写的，先是介绍巴顿的家世背景，接着是他的军事生涯，然后着重描写他在二战中的表现，特别是对几场主要战役的指挥艺术，全书都进行了重点而详细的描写。想来想去，杜青想不出来他的书稿哪里不好。为什么葛小会这样写能成功，到了他这里，依样画葫芦，就不行了呢？

杜青在QQ上把自己的想法告诉了胡凡凡，他尽力模仿着葛小会的口吻说：“胡主任你好，谢谢你这么快就读了书稿，可是，我写书一直都是这样写的。关于巴顿，我从他1942年1月升任美军第1装甲军军长写起，写他指挥的摩洛哥海滨登陆战，又写他指挥的部队从突尼斯北部完成了对德军的合围，写他率领美第七集团军攻取意大利的巴勒莫，写他指挥的第三集团军作为第二梯队参加诺曼底登陆，然后指挥装甲兵团横扫整个欧洲，九个月间歼敌一百四十万，直到德国投降，最后写他在1945年冬天遇车祸身亡为止。我觉得很精彩的，具体哪儿不行，还请你给指出来。”

胡凡凡马上就回复了，口气依旧那么的强硬：“不是仅仅写巴顿指挥的那几场战役，巴顿的故事大家都知道，军迷们会如数家珍一样地告诉你。市面上这样的书也很多。这部书稿的问题是文字，语言不通，表达不准，软弱无力，好像你还是个新手，缺乏洞察力、敏感性，更别提文学性了，感觉都不是你写的了，太有失水准了。合同上可是有这一条啊，书稿如果不符合公司的出版要求，要在规定的时间内修改或重写，如果还达不到要求……后果你懂的。”

“明白了，会改好的。”回了这几个字之后，杜青再次紧张了，洞察力？敏感性？文学性？语言不通？有失水准？粗糙？新手？杜青对这些概念毫无感觉，这下他不是蒙了，而是怕了。他觉得自己拿了一个烫手的山芋，吃不掉又舍不得扔掉了。

杜青只能继续研究葛小会已经出版的书，试图从葛小会的书里找到灵丹妙药。

灵感还是来了，通过阅读葛小会的几部作品后，他似乎发现了症结所在，便尽量模仿葛小会书中的语气，逐句逐句修改润色——老实说，他也不知道这样行不行，终于在离4月15日最后交稿日期的前一周，修改完毕了。杜青战战兢兢地把书稿发给了胡凡凡。这一次，他什么话也没说。

隔一天，胡凡凡说话了。胡凡凡没说稿子改得行还是不行，只说了一句话："明天来公司一下，早上一上班就到。"

杜青想了想，想不出是祸是福，回了一个字："好。"

"我给你办一张临时出入证，到时打个电话，我让人送下去。"胡凡凡又说。

"办两张吧，我和杜青一起去。我身体不好，让他陪陪。"杜青说。

"行。"

杜青如约来到公司。

胡凡凡再次吃惊了："怎么还是你一个人？"

"小会病情加重了。"杜青说。

"真的假的？"

"这还好骗人？"

"怪不得，"胡凡凡叹口气道，"稿子写成这样，不会没有原因的……也怪我，以为慢性咽炎不算什么毛病的，以为用了我送给她的方子就一定能好的。好吧，不管什么情况，还是公事公办吧，这部书稿，就是巴顿这一本，公司决定退稿了。考虑到疫情期间的特殊情况和葛小会的病因，先期付的稿费要退回一半，等她身体好了，来公司签个退稿合同吧，你来代签也行。”

“什么意思？”其实杜青听明白了，他这么问一句，是缓冲一下自己激动的情绪，考虑应对的措施。

“难道我还没说清楚？”

“你们是要毁约？”杜青尽量保持强硬的口气，“不行，我不同意，你们没有考虑到实际情况。葛小会带病给你们工作，不但没有得到应有的关心和照顾，你们还要落井下石，这是一种极不道德的行为。要么稿子收下，执行合同；要么，法庭上见！”

“要打官司？好，悉听尊便！”胡凡凡也毫不示弱。

杜青极不情愿地还想说什么，可他一时没词了——这样的结果，他事先并没想到。

“还有事吗？”胡凡凡下逐客令了。

10

杜青是在晚上八点，来到通州武夷花园小区门口的。

他后悔来晚了。

自从早上被胡凡凡赶出了办公室，他就冷静多了。他知道这官司不能打，一打就全露馅了。他也不是不能接受退稿的结果，毕竟只退一半的预付稿费。但是，他接手葛小会的书稿继续写作，如前所述，并不全是为了钱，大部分原因是为了胡凡凡，不，到后来，全是为了胡凡凡了。他不想就这样结束，可如何才能挽回呢？他在农展馆的湖边长椅上足足坐了一整天，直到黄昏来临，也没有想出好招数来。黄昏的湖面上笼罩着溶溶的暗紫色，湖边高大的树木已经绿叶婆娑，倒映在湖水中格外生机勃勃，在芦苇和草蒲中，一只野鸭游了出来，在它身后，是七八只刚刚出壳不久的小鸭子，晃晃悠悠地排成一条直线，真是万物复苏的春天景象了，可他的爱情却陷入了隆冬。当他的目光盯在湖边那丛迎春花上时，突然来了灵感，送花，给她送花。他决定直接去她家。他要向她道歉。

地铁转公交，又骑扫码单车，来到她家小区的门口，才觉得应该早来，早早就到小区的门口等她。现在是疫情期间，所有小区只开一个门，很容易就等到她的。让她知道他在等她，才是满满的诚意啊。

失去守株待兔的机会也不怕，可直接打电话啊。

杜青拨通了胡凡凡的手机。

“什么事？”胡凡凡马上接通了。

“打官司的事。”杜青说。

“下班了，有事明天去单位谈。”

“现在说比较好。我在你家小区的门口。”

“可是……你要说什么呢？在电话里说不可以吗？”

“胡主任，电话里说不清楚啊。一场官司可不是小事，打官司又那么烦人……我们主要是想调解，调解，明白吗？”杜青的声音是温和的，也是谦卑的，一听就是想解决问题的口气，不是来找碴的。

“可是，你进不来呀。”胡凡凡的口气也不再那么强硬了。

“上次不是有办法进去吗？”杜青故意提上一次，是提醒她，当时他是以她男朋友的身份进入小区的。

“好吧，我请阿左接你一下。”

不多一会儿，阿左出来了。阿左看到杜青时，眼睛亮了——杜青怀里抱着红玫瑰，不是几枝，不是一束，是一大抱。阿左跟杜青竖起了大拇指，说：“我是不是吃了青杏子啊，怎么那么酸呢，这么多花，太过分啦，凡凡姐这要幸福死过去啦！”

杜青笑而不语。

阿左带来了两张通行证，一张给了杜青，自己拿一张，一前一后走进小区，她对杜青说：“能找到吧？ 7 号楼 1208 室。你跟凡凡姐说一声，我去 48 号楼我朋友那里办点事，不回 1208 室了。”阿左说完，跟杜青挤一下眼睛，还调皮地扮了下鬼脸，又说：“请凡凡姐听歌，要带上我哦。我要做个大大的、亮亮的电灯泡。”

杜青继续笑而不语，向 7 号楼走去了。

杜青轻轻敲响 1208 室的门。

开门后的胡凡凡看到杜青抱着一大捧红玫瑰，惊讶道：“干什么？这是……”

杜青把玫瑰向胡凡凡的怀里一塞，看着她傻笑。

“阿左呢？”胡凡凡脸色通红，伸头向外看。

“去她朋友那里了。”

胡凡凡关上门，把花放在茶几上，很不自然地说：“谢谢啊……你的花。”见杜青只顾紧张着，又一笑道：“说说看，怎么调解？有什么方案？”

“出书，拿到全部稿费。”

“不可能的。”胡凡凡由一个害羞的居家淑女，迅速转换成公司主任兼小股东了，“把一本书稿写成一堆乱麻，毫无章法和头绪，还有不通的语言……你以为出版社是傻瓜啊？你以为读者是傻瓜啊？这书谁敢出？除非把稿子在短期内改好。但是，以我对葛小会目前状态的了解，改好是不可能的了。我还是坚持退稿，必须退稿，要么，法庭上见！”

“上法庭……你以为我们害怕？”

“好啊，那咱就没必要再说了。再见！”

“别那么激动啊，听我把话说完……你一会儿说小会的智商退化了，一会儿说小会的书稿是一堆乱麻，毫无章法，一会儿又说缺少洞察力、敏感性，一会儿又说语言不通，那么，那么……”杜青先是很激动，口气都是责问的，咄咄逼人的，然后是越说越没有底气，在说到“那么”的时候，已经只剩下气息了，“那么……那么只能实话实说了……我可以说真话吗？”

“可以。”

“这书稿，不是葛小会写的。”

“什么？”胡凡凡铁青的脸色又加上了疑问。

“这本书不是葛小会写的，是我写的。”

胡凡凡无奈地笑了：“你写的？你说这本《巴顿》的书稿是你写的？你以为我是傻瓜？以为这样就能得到我的同情？”

“确实是我写的。”

“葛小会呢？”

“她已经离开了……对，我们分手了……去年年底的事。我也因为咽炎不能唱歌而失业了，你知道，现在这种情况，全国的酒吧恐怕都没有开业……小会走了，我没钱交房租，就冒充她和你谈条件，签合同，领稿费……”

“等等，让我想一想。”胡凡凡盯着他的眼睛，不相信似的回想着，“天啦，我应该发现的呀……QQ 上一直和我说话的是你？”

“是的。从去年年底开始。”杜青像一个犯错的小学生，低首垂臂，等待着老师的发落。

“是你患了慢性咽炎？”

“是的。”

“你拿了我的方子配了药？”

“是的。”

“你嗓子……你冒充葛小会，写了一部《坦克战神巴顿将军》？”

“是的。”

“你这是欺诈好不好？是犯罪好不好？”胡凡凡把茶几上的玫瑰抱起来，狠狠地往他怀里一送，怒斥道，“我可不想和骗子打交道，立即从这儿滚出去！”

杜青抱着花，轻声而坚定地说：“我爱你！”

“又来了。你能不能说句正经话？”

“这就是正经话。我这么做，就是想多见你几次，就是想表达……我爱你。”

“把事情搞成这样，还敢胡言乱语？听着，我们不能把工作上的事和生活中的事混为一谈，桥归桥，路归路……你一直在撒谎，你以为我会相信你？”

“真的，我爱你！”

胡凡凡愣住了，盯着他，眼对着眼，脸上愤怒的神色不是消散，而是在变异，变异，变成了笑，发自内心的笑，甜蜜的笑，幸福的笑。胡凡凡一把打掉杜青怀里的玫瑰，像一头小羊羔扑向他。

杜青猝不及防，抱着她摔倒在地。随即，尖叫声和欢笑声像浪花一样在房间里四溅喷散。

房间里仿佛架起了干柴烈火，燃点太高了。沙发上，茶几上，地板上，全是玫瑰花的花瓣。火红的玫瑰花瓣，一直延续到卧室的床上。和花瓣混在一起的，是一件件凌乱在地板上的衣服。

凌晨了，床上的杜青和胡凡凡相拥在一起，互望着，像是不认识对方一样。

“我尽力了——那部稿子。”杜青说道。

“知道。别怕，有我呢，我来改。”胡凡凡说。

11

已经是 4 月下旬了。杜青暂时还住在北京像素小区。当初办理租房的时候，是“押一付三”的模式，即多交一个月房租作为押金。杜青和房东商量过了，住到月底就不再续租了。虽然只能住到月底，杜青还是给胡凡凡办了一张出门证——他们搬到了一起。

深夜十一点半，杜青意外地接到了葛小会的电话。

葛小会的电话是在毫无预兆的情况下打来的。这是一个新号码，杜青在接通的时候，才听出来是葛小会。

胡凡凡也把头伸过来听。

“杜青，你还住在像素吗？”葛小会的声音有些悠悠的，感觉不太平静。

“到月底就交房子了，搬去通州，那儿房租便宜。”

“哦，那好吧。”略一停顿，又说，“我从武汉回来了，还在集中隔离中，费用自理。春节前的那次出差，真是……不说了，这疫情，教会我很多，看清了某人，也教我认识了许多事……我还在那家影视公司，但身份变了……对，许多事，不是我想的那样。还记得我跟你说过的，我们影视公司的总策划古七夜吧？古七夜上位了，成了大老板的第五任老婆，真是不知道该不该祝贺她……不过，我看他们不像是长久的样子……不说这个了，我在大圣文化那边还有点尾巴，他们没找你麻烦吧？”

“找了。”

“哦？麻烦吗？”

“已经解决了。你想回大圣文化？”

“还回得去吗？”

“这个……”杜青看了看身边的胡凡凡。

胡凡凡点点头。

“我不会回去的，虽然在大圣文化的工作是一段难忘的好时光，可我回不去了。手里的剧本还没有弄完，如果不是疫情，可能已经完成策划，进入剧本写作阶段了。”再次停顿，这次停顿的时间较长，“……其实没什么事，回北京了，就想给你打打电话。对了，我看到市场上出版的《朱可夫》了，封面很漂亮，书名改得不错,《胜利象征朱可夫》，我一猜就是你代我处理了后续的事，谢谢你为我了了一桩心事。你……你交女朋友了吗？瞧我这话说得，太傻了。好啦，不说啦，晚安！”

杜青还没有挂断，胡凡凡就翻身压住了他，大声道：“你会不会想她？”

杜青赶紧用另一只手指指手机，又放到耳朵上听听。对方果然也在听。杜青试探着说：“晚安！”

手机里才响起嘟嘟声。

胡凡凡伸了下舌头，说：“小会文笔不错的。”顿了顿，又说：“你再写一本，二战风云人物写差不多了，再写战役，写一套二战期间重要战役的书，先写《诺曼底登陆》，说不定能畅销的。”

“你不怕我写不好？”

“不怕，我乐意改你的稿子。”

“不，我不想写书了，你就是我最好的书，这本书够我读一辈子了。”

夜色中，不知从哪里传来一阵吉他声。杜青看了眼挂在墙上的吉他，吉他已经落上了一些灰尘。杜青说：“我为你唱支歌吧，这些天你一直在改《巴顿》，眼圈都熬黑了，昨天好歹改完了，该庆祝一下了。”

2020年5月7日初稿写毕于连云港花果山下秀逸苏杭

2020年10月4日再改

灯色

1

非中心夜晚的灯色，总有些特别。

花有花的馨香，树有树的姿势，灯影有灯影的语言。我站在非中心 5 号楼 12 层，站在我潜居多年的居室的窗口，俯视着楼下。楼下是宽阔的步行街。步行街上有两排北京槐，大约和社区的年纪相仿，经过十多年的风雨磨砺，已经树影婆娑了。10 月长假后的非中心，秋意渐浓，北京槐的叶子依然青青绿绿，生意盎然。

步行街上的灯影并不明亮，却异常鬼祟。两排稀疏的路灯坏了装，装了坏，坏了再装，再装再坏，色调就参差不齐了，有白有黄，还有葱绿和鸭蛋青。不多的几盏橘红色地灯，和路灯的灯色互相交错着，形成多色的光影，斑斓、鬼祟中又平添几分神秘。那一簇簇分布在树下不同灯影中跳舞的人们，在各种爆炸般的音响中，影影绰绰地舞动着身姿。

我不是看灯色的，也不是看跳舞的。

我心情不好。岂止是不好啊，简直坏透了——我真心受不了步行街上闹心的音响，它实在让人安静不下来，无法专注地干一件事情——比如读书，比如写作，比如默想和构思，没错，我是写东西的人，写东西的人，需要的是安静和专心。

本来，为了躲避这样的噪声，我已经做了很大的让步，把每天晚上六点半至十点半的写作习惯，改成凌晨五点至九点了。可最近又发生了可怕的事情，早上五点也无法安静了，同样是在步行街上，每天凌晨五点开始，就有一队健步走，和我同步开始一天的工作。我的工作是码字。他们的工作是健步走。像晚上跳舞的大妈们一样，他们的健步走也有音乐伴奏。和大妈们的音乐不一样的是，健步走们的音乐是节奏铿锵的进行曲。我从楼上看见过他们。他们举着旗帜，勒着皮带，穿统一的制服，排成两列纵队，踩着进行曲雄壮、威武的节律，步伐整齐地从步行街上穿行而过，然后拐进非中心。非中心里，更有方便他们行走的平坦的便道。

我最佳的写作时间，就这样和大妈、大叔们跳舞、健步走的时间重叠了。我的心情也就在这样的重叠中，坠入了深渊。

有一单活，就是我手里的这个诗剧，关于“五四”前后新文学运动的诗剧，演出方要求一定在今天交稿。今天的现在，就是晚上，离明天只有几个小时了，最关键的一段唱诗需要重写，这也是总监制兼出品人特别交代的。可是，正在我绞尽脑汁、挖空心思、殚精竭虑准备开工的时候，我耳朵里突然被各种剧烈的噪声塞满了。刚萌发的那一点点灵感，被此起彼伏的超级音乐炸得烟消云散，无影无踪。

2

美丽的胖警察站在花花绿绿的宣传板前。宣传板一共七块。她站在“前言”的边上。她就是“前言”的前言了。她系着白色的皮带，挺胸收腹，更加威武，也突显了她的丰满和圆润。

我早就注意那七块宣传板了。它在步行街的入口处，已经有几天了。开始的时候，宣传板的边上，有一只搁在音箱上反复播放的喇叭，内容是动员市民下载“全民反诈”App的，只需要一分钟就可安全下载。喇叭里，一个男人用稳重而标准的普通话告诫市民：“网上兼职、购物充值返利等活动都是诈骗；网上购物，客服打电话说退款的都是诈骗；冒充公检法要求汇款，或者让你转入安全账户的都是诈骗；老师在家长群里发交资料费、二维码，或者向你借钱的都是诈骗；通过社交平台添加微信、QQ，拉你入群，让你下载或者点击链接进行投资、博彩、赌博的都是诈骗；网上贷款前收取包装费、流水费、手续费等任何费用的，都是诈骗；非官方网站买卖游戏装备或者游戏币的都是诈骗……”为了详细解释诈骗的伎俩，宣传板上还画了一幅幅形象生动的彩色漫画，配合漫画的，是一条条生动的触目惊心的案例。

反复播放的喇叭撤下了，换了女警察。这个举措好，我要毫无保留地给予点赞。事实也正是这样，路过的行人下载“全民反诈”App的明显多了起来。

我没有下载这个App，我有另外的事情要咨询女警察。

“您好，警官同志。”我礼貌地走上前去。

“您好，有什么问题吗？”她的声音不像她的腰肢那么粗，细雨轻风中，带有温馨的关怀和客气。

“咨询一个事，”我也尽量把声音控制在严肃和温馨之间，“咱们步行街上每天晚上广场舞声音太吵了，早上健步走的喇叭声也太响了，影响很多人的休息和工作，希望警察同志能介入协调一下。”

“这是个问题，”她微微露出一点笑意，“不止你一个人反映了。但是，全民健身是国家提倡的，许多部门和单位还搞广场舞比赛，这个……你想怎么协调？”

“能不能换个时间段呢？比如不要在早上和晚上。”我也不知道我的话有没有道理。

“你是说上班时间锻炼吗？可他们跳舞、健步走的人也要上班啊，我们没权力阻碍别人业余时间锻炼身体。”

“他们扰民。”

“扰民这个事……你是在早上工作还是在晚上工作？可以在别人正常工作的时候工作嘛，业余时间和他们一起健健身，更有利于工作，是不是？”女警察依旧面露笑容。

但是她的话已经让我烦了，我觉得她在敷衍我。当然，我本身反映这个问题，也是有问题的，我承认。我的意图不是要阻止跳舞和健步走者，我是让他们想办法别再扰民，她却在教导我，让我和他们协同一致。我忍着噌噌上来的火气说：“我是在别人正常工作的时候也正常工作的。可我也有个人爱好啊，我的爱好需要安静，夜晚的安静，凌晨的安静。再说了，学生晚上要写作业，婴幼儿也要多睡觉，多睡才能长身体，长身体才能当好祖国的未来。早晚的音响那么大，那么吵，那是害人！”

她听出我的话里开始带情绪了，笑容更真实了些，还露出了三分之一的白牙齿：“学生抗干扰能力很强的，你想想啊，一个班几十个孩子一起背书，不是人人都会背吗。我女儿读三年级了，她从来不怕嘈杂声。我家楼下有个公交车站，好几辆公交车每天都要报站名，声音也很吵的，可我家孩子学习一直名列前茅。嘻嘻，讲个段子，我女儿写好作业后，也会做做手工，比如她会玩折纸游戏，叠一个一个白天鹅、小兔子……她会突然说，妈，我要睡觉了，到点了，公交车都不报站名了。瞧瞧，她都学会利用公交车的噪声了。”

我没等她说完就想走，再听下去就没有意义了。其实我也知道是这个结果。我找警察反映情况，不过是想发泄一下心里的不快，也没指望她能解决问题。可她也别试图说服我从众啊，还拿她女儿举例来教育我，真是的。我看一眼她的警号。她的警号牌正好处在她胸脯的陡坡上，有点歪斜。她一定是看到我的目光了，抬手把警号牌正了正，说：“警号牌上没有姓名的。我姓汪，汪曾祺的汪，我叫汪琪，不是汪曾祺的祺，是王旁放个其他的其那个琪，懂啦？是这儿的片警。有事找我好了。”

她还知道汪曾祺，我心里的不快顿时消散了一半。

3

黄昏来临的时候，我在步行街上散步。

有人陆续从外面进入小区，汇入到步行街上了。

我不喜欢人多。人多的地方我都躲着走。但我知道，现在还不是人流高峰。人流高峰在六点半以后如期到来，地铁里会涌出第一拨儿匆匆下班的青年人，男男女女，高高矮矮，胖胖瘦瘦，他们都有着一张张青春的面孔，也同样有着一副副疲惫的神情。因为还处在疫情防控阶段，进入小区的门只开这一个。出口倒是有好几个。有一次我在南便门，听到保安和一个试图从南便门进入的拾荒者争执，保安坚决不让他进来，要进来，一定要经过步行街的入口。我从保安的口中听出了门道，原来，只从步行街的入口进入，也是疫情防控的需要，万一有接触感染者，便于统一调看录像。这真是个好办法，要为小区管理部门的这个举措点赞。

时间已经过了六点，我也要适时地离开步行街了。

关于步行街，可以简略介绍一下——实际上是北京像素小区和非中心园区中间的一条约五百米长的便道，东西走向。步行街的北侧是非中心，南侧是像素小区。像素小区全部是公寓楼，住着约六万名北漂者。非中心是商务区，有数百家大小公司在各色写字楼里办公，也有像5号楼这样商住两用的区域。由于是同一个开发商开发的楼盘，像素和非中心便纳入了统一的管理——事实上也是一个整体。步行街在疫情之前，就是一个半封闭的街区，平时在街上活动的，大多是像素和非中心的人。疫情后期，这儿就更成为一个相对独立和安全的区域了。

离开步行街，我找了一个相对安静的地方坐下来。如前所述，我的那部诗剧交稿了。我要构思新的作品了。我就像一只下蛋的母鸡，在下蛋之前会到处寻找一个下蛋的窝。我和下蛋母鸡不同的是，母鸡的肚子里已经有了蛋了。可我现在还没有蛋，我在酝酿蛋。

在 17 号楼前边的花园小广场里（像素的楼和楼中间，都会有不同主题的小广场），我坐到了一张条椅上。借着远处灯光的映照，我看到条椅上有一个东西，凑近了细看，看不清，却有一股异香。我捡起来，打开手机里的手电，原来是一个粉盒，两排共十二个颜色的小方块粉嵌在盒子里，很规整。盒子的边上还有刷子、眉毛夹等几个小工具。一看就是某个时尚女孩丢失的。我四下打量几眼，小区的便道上有人行走，也只是行走而已，不像是寻东西的人。我把粉盒又放回了原处。

在我的前方，是一个电吉他造型的雕塑，边上还有一个雕塑，造型抽象，像一条海鳗。我不知道这两个雕塑有什么联系，一个写实，一个抽象，一个静物，一个动物，设计者是出于什么考虑，把这两种不相干的物体凑到一起的呢？我不得而知，抑或是安装时，工人们安装错了。紧挨着这组雕塑的，是一个方桌，围绕着方桌还有四把固定的椅子，倒是挺实惠的装置，可以供住户居民休闲时小聚。

谁会来这里小聚呢？

正巧有人过来了，是一个戴着口罩和墨镜的女孩。她不是来找粉盒的吧？她的穿着太夸张了，除了口罩和墨镜，还穿了一件恐龙服。当然，她没有把作为帽子的恐龙头戴在头上，而是挂在脑后，那条又肥又笨的恐龙的尾巴，拖在她的屁股上，倒是十分可爱。和她一起的，还有一个女的，落在她后边有四五步远的地方，在她坐下时（那条胖尾巴歪在一边），同伴也坐下了。但是她的同伴一开口就吓了我一跳，一个纯正、浑厚的男中音，还带着共鸣的胸腔。这是个女的吗？分明是男声啊，可留着长发、穿花格子的连帽衫又是什么鬼？他们发现边上还有我这个不速之客时，声音压低了很多，还窃窃偷笑了几声。

我觉得妨碍了他们，起身离开了。

我知道非中心有不少家影视公司，像素也住了不少导演、编剧和演员。他们有可能是演艺人士，有可能从某个片场刚下班。同样的，我在条椅上看到的粉盒，也有可能是某个临时化妆的演员不小心丢失的。我就曾经看到过在 7 号楼和 9 号楼之间的花园小广场上，一个剧组在拍《葫芦娃》，一个镜头反复拍了十几次。葫芦娃们都由青年人扮演，有男有女，他们化身一个个鲜艳的葫芦，尽情地表演，场面挺欢乐的。

我得去喝一杯，我的“蛋”迟迟没有酝酿成形，很快就会让我焦虑的。我一焦虑，就会失眠，一失眠，就会更加焦虑。喝一杯啤酒，或威士忌，都能让我缓解焦虑，都能催生“蛋”的形成。

穿插在被各种花圃、草坪、绿化带和楼房隔开的便道上，迎面会遇到许多行色匆匆的行走者。和他们擦肩而过时，会感受到他们的急急慌慌，也会闻到他们身上的气味，有好闻的香水味、洗发香波味、麻辣炖鱼头味，还有红烧肉味。香水味和洗发香波味是女孩们身上散发出来的，麻辣炖鱼头味和红烧肉味是男孩们手里提着的晚餐盒里散发出来的。但是，让我惊异的是，他们中的一些人，除了戴着各种颜色的口罩，还有把连帽衫的帽子紧紧包住脑袋的，有用花丝巾包住头的，有身穿宽大的汉服的，更有直接戴着面具的，我甚至还看到一个戴着假胡须的高挑的女孩，那丰胸、细腰和肥臀，根本无法掩饰她作为一个女孩的特征，却旁若无人地疾步而行，样子特别的滑稽。

5 号楼紧邻着步行街，在楼底长长的通道两侧，分布着一家家店铺。除了饭店（禁止油烟污染环境），卖什么的都有。在几十家店铺中，有一家酒吧，以啤酒为主；还有一家酒吧，以烈性酒为主。前者叫山丘酒铺，我去喝过，啤酒有二十块钱一瓶的，有三十块钱一瓶的，也有五十块钱一瓶的，最贵的是五百块钱一瓶，牌子叫 YELLOWBELLY（胆小鬼啤酒）。我还真的是胆小鬼，舍不得喝这么贵的啤酒。我最多喝二十块钱一瓶的。服务员兼收银员（抑或是店主）就一个人，干巴瘦小的精干样子，不漂亮，但很热情。虽然只是卖啤酒，却把酒铺收拾得雅致而温馨，墙上有几幅以啤酒为主题的招贴画，还有一书架关于啤酒的书，不大的店堂里有几个小方桌。闲时进来坐坐，喝一瓶啤酒，拿一本书，了解啤酒的前世今生，放松放松精神，心情会大好。但是，比起另一家叫星辰的酒吧，山丘酒铺还是逊色了点。星辰酒吧里的装修是复古派的，灯光更是一大特色，昏暗中透着温情的色调，人坐在吧台前，看酒柜里琳琅满目的半瓶或满瓶的彩酒，看着灯色折射在酒色上，迷离中有点奇幻，特别的舒服。

我从山丘酒铺门前经过，径直来到了星辰酒吧。

我想起那个微胖的女警察无意中说过汪曾祺，连带着想起了汪曾祺年轻时想编一本小说集，书名叫《风色》。风色是什么色？我没有体验过。汪曾祺要是来过星辰酒吧，看到这里的灯色，一定会改变主意，把小说集改名为《灯色》的。

可能是时候还没到吧，我进来时，星辰酒吧里只有我一个人。

吧台的灯影里，坐着一个圆脸的姑娘，她正在化妆。她把眉毛往额角里延伸，其实已经够细长了，还不满足，试图一直延伸到头发里。她没有看我，就对着镜子大声喊道："朱大菜帮子，下来，有人。"

楼梯随即响起杂沓声，那个经常卖酒的青年调酒师从楼上下来了。

他叫朱大菜帮子？我差一点笑出声来。这是一个标致的大帅哥，身高足有一米八五，穿一件深色的休闲风衣，围一条浅灰色小围巾，不像是一个酒吧的调酒师，倒像是一个有范的文艺青年，怎么看也和大菜帮子联系不起来。

"要什么酒？威士忌？"他认出了我，一笑，改口道，"黑牌苏格兰尊尼获加？"

"好。"我在他家只喝这一种酒。白兰地、伏特加、XO、鸡尾酒，我都不喝。

在他给我倒酒的时候，正在化妆的女孩从他身边挤过去，上楼了。她穿黑色小皮裙，超短，像小羚羊一样，走在楼梯上一点声音都没有。

我看着酒杯里三分之一的金黄色液体，端起来看了看，闻了闻。一股强劲有力的异香味直入鼻孔，旋即，味蕾大放，嘴里生津。但我依然停顿了片刻才小抿一口。随着液体从唇齿、口腔和喉咙滋润地滑过，一种充满活力的烟熏味再转泥煤味，像天空的礼花一样绽放于口舌间，余味袅袅。再品，还有辛香味和胡椒味在不断地萦绕。嚯，纯正的苏格兰威士忌真是不得了，抿一口，能品出不同的味来。我知道，稍后再喝，还会有新的不同感受。一杯威士忌，让人有几种期待，也只有尊尼获加这一款了。

我把酒杯在柜台上轻轻旋转着，欣赏着酒杯里的液体在灯色中的变幻。我知道，喝威士忌不能性急，得沉下心来，用心去体会。何况，喝酒只是表象，我得想办法让我的思维开放，寻找某一个触点，寻找我下一步要写的东西。

窗户外面就是步行街了。

我向外看去。下班的高峰正好来临，步行街上打拼回来的人流，像有人追赶一样地络绎不绝，匆匆忙忙。他们会迅速从步行街上消散，分散在像素的各条便道上，然后进入一个个门洞。也会有人再出来，像我一样来喝一杯。

我再喝一口酒，嘴里又有了香草的温婉和苹果、梨子的香甜，回味越来越悠长了。

这时候，不同跳舞队的大妈们，也从各个门洞陆续往步行街上汇集了。我知道她们分为几拨儿，有跳大秧歌的，有跳民族舞的，有跳交谊舞的，有跳鬼步舞的，短短的步行街上分为了六七支队伍。因为怕音响的互相干扰，每一支队伍都会把音响调至最高，都想让己方的音响压过对方。这样一来，整个步行街，就成了噪声的海洋了。就算是关紧门窗，声音也像灰尘一样钻进每一户人家。

正对着星辰窗户的，是那支跳鬼步舞的队伍。

我看到调酒师戴上了耳机，嘀咕了一句什么。如果我没有猜错的话，他应该说外语。看他的表情，应该是一句骂人的话。也难怪，如此嘈杂的声响，会影响酒吧生意的。

4

凌晨时分，我感觉有人敲门。不对，不是感觉，是的确有敲门声。

我刚一开门，心就提到了嗓子眼儿。

门口站着胖警察汪琪。在她身边，是一个高个子的男警察，男警察的身边，还有一个矮壮的辅警，辅警脸上的青春痘闪闪发光。三个警察身穿整齐的制服威严地堵在了门口，像一道难以逾越的障碍。

我的心还在震颤。和我的极度紧张感同时而来的，是胸闷般的窒息，要抓我？我脑海中迅速搜寻着往事，确认没做过明显违法乱纪的事之后，才问："汪警官……有事？"

汪琪目光如炬，盯了我足足有五秒钟，才说："你最近做了什么不该做的事？"

昨天一天没出小区，晚上只去星辰酒吧喝了杯威士忌，酒后嫌步行街太闹，去非中心的荷塘边坐了会儿，听了听秋虫的鸣叫。前天？前天干了什么？大前天是把诗剧交下去了，和总监制兼出品人谈了会儿，我以为总监制会请我喝个酒的。但是他们没请我，说等专家把稿子通过以后，再聊一次。再往前，我脑子有点乱了，主要是被眼前的阵势给吓的。

“没做什么。”我说。

“好好想想。”汪琪说。

“没做什么，写写东西看看书。”我肯定地说。

“没做什么我们能找你？”汪琪的话似乎已经抓住了我的把柄。

问题复杂了，有可能我被冤枉了。

“真没做什么，就是写写东西看看书。”我迅速想到那些被冤枉的典型案例，更加紧张了。我要是说不清楚，就有可能坐牢，甚至被枪毙。我死了也就罢了，中国诗剧这一新兴领域的损失，可就大了。我突然有了尿急的感觉。

“写写东西看看书？”汪琪的眼睛还是眨了下。

“是……”

“看什么书？”

“《人间滋味》，汪曾祺写的。”昨天晚上喝完酒，我去非中心的荷塘边坐了坐，看月光朦胧下的残荷，想起四季的轮换，想起爱画荷花的汪曾祺，想起他不仅爱写，还善画，还是美食家，想起他文章里提到的荷叶烤鱼、莲子烧肉。这么漫想着，回来已经是十点多了，步行街上已经安静了。睡前便找出《人间滋味》读了几页。女警察问是什么书，我不仅要实话实说，还强调是汪曾祺写的，也算是对她的一种迎合吧。

果然，我提到汪曾祺，汪琪的口气就有了变化，她说：“看书之前呢？去了哪里？”

她知道我去了哪里。我明白了，她为什么能轻易地找到我家来，为什么问我昨晚去了哪里，他们肯定调看小区的监控了。这就好了，说昨晚的事，那就容易了。我松了口气，把昨天晚上的行程说了一遍。

“在荷塘边坐了会儿？仅仅是坐了会儿？”汪琪的声音里有一点蔑视。

“不信你们可以调看监控。”我理直气壮地说。因为我只坐了会儿，大约一个半小时。

汪琪冷笑一声，说：“你很聪明。告诉你吧，那儿的监控一周前坏了，我们什么都看不到。我们需要到你家去看看。”

“请进。”

他们到我的屋里看了看。我的屋子不大，开间，他们很快就看完了，主要是查看了我的鞋子，还拍了照片。我的鞋子不多，三双旅游鞋，一双皮鞋。汪琪还对我那一架书产生了好奇，多看了一眼。我讨好地说：“我有汪曾祺的书，好几本。”

“看到了。”她公事公办地说，“最近不要离开北京，我们可能还会找你。”

“出什么事啦？”

“对你说吧，非中心荷塘里的淤泥被人挖出来了，铺在旁边的步行道上。今天凌晨，健步走的队伍有多人踏进了淤泥里，领头举旗者还摔了一跤，骨折了。那是健步走的必经之地，是有人踩好点，毁坏了路灯，故意捣乱。”汪琪在说话时，眼睛一直盯着我，似乎要从我的表情变化中发现一些端倪来，“我们会查清楚的。”

原来这样。不知为什么，我心里暗自乐了一下。我知道这是不对的。我得有同情心，毕竟举旗者我见过，是个年近七十岁的老者。但表情已经收不回了，我担心被汪琪看出来。

警察们走后，虚惊一场的我赶快跑到了非中心。

非中心几十幢写字楼都是钢架结构，每一幢都有不同的造型。

我穿过几个区域，来到荷塘边。

荷塘我不是第一次来了，远的不说，就是昨天晚上，我还在这里踟蹰了一两个小时。但没有哪一次来像现在这样，带有明显的目的——我是来看看地形的，看看谁有如此大的胆量，胆敢毁坏路灯、设置路障来祸害健步走者。荷塘是一个不规则的人工水池，不大，哑铃状，深度约三十厘米，半池的淤泥也是后拉来的。每年春天，物管们在荷塘里放上水。很快就荷叶满池了，荷花开放了，蜻蜓和蝴蝶也飞来了，像素的家长和孩子们会来这里看荷，在小广场上游戏。到了深秋，也就是 11 月的某个时候，在冬天来临之前，把荷塘的水放干，用塑料薄膜把整个荷塘蒙起来，保暖。到了来年春天，揭开塑料薄膜，再放上水。年年如此，循环往复。应该说，作案者是了解荷塘结构，也了解健步走们的行走路线的，健步走们从荷塘穿过，并不是要欣赏凌晨的荷塘。凌晨五点多的天还没亮，加上路灯坏了，什么风景也看不到的。荷塘的“哑铃”柄上有一座桥，和路面一样平整的木板桥，足有四米长。作案者就是从荷塘里捞出黑而滑塌的新鲜淤泥，铺在了健步走们必经之路的小桥上，他们自然就中了埋伏了。

现在，虽然淤泥又返回荷塘了，但痕迹还在。

我在小桥上走了走，木板发出咚咚的回声。健步走们走在木板上，木板发出的回声会更加的响亮。我看了看桥两侧的残荷，看了看荷塘边上那丛两三米高的水蓼。再转过目光，看了看侧面的小广场，小广场上的垂柳，垂柳下的条椅。其中有一张条椅，我昨天晚上还在那儿坐过。我知道汪琪为什么怀疑我了，因为我找她反映过关于广场舞和健步走的问题。我的反映没有得到解决，我只能自己解决了。汪琪就是这么想的。但由于没有证据，也就拿我没有办法了。

5

我那部诗剧的总监制兼出品人请我喝酒了。这是个好消息，说明专家们通过稿子了，定稿了。接下来就是排戏了。

10 月中下旬是北京最好的季节。我喜欢在这个季节找朋友玩，爬爬西山，看看红叶，喝喝酒。也喜欢别人找我喝酒。今天晚上的这场酒，真是值得期待，不仅定稿了，还可以拿到数额可观的余款，更让我惊喜的是，有诗剧的主创人员也要参加。

午睡以后，还不到三点，我已经迫不及待要去赶酒局了。看来我好像很馋酒似的，好像多久没喝酒似的。其实不是，其实我不想在家里待着。本来，因为读《人间滋味》，因为夜晚看荷，准备向汪曾祺学习，写些吃吃喝喝的小品文。也因为女警察的破案打扰而中断了思路，也就没心情再写下去了。现在心情大好了，何不再重新找找感觉呢？汪曾祺的书就是一个富矿，常读常新，随时都会受到新的启发。

我便带着《人间滋味》出了门。

这个时间点，地铁上的人不多。我从草房站，一路读到五路居。一个多小时的车程我都在读书。在阅读中，我的思绪被完全激发了，构思了两篇文章，一篇是《秋水虾》，一篇是《吃白鱼》。我要仿汪曾祺的笔调，写一本关于吃吃喝喝的小品文。

心情一好，酒量就大增。在晚宴上，我来者不拒，白酒喝了至少有半斤。觉得差不多的时候，那个漂亮的女演员，受总监制兼出品人的鼓动，站起来敬我一杯。一个女孩子，据说在我的诗剧里担任的角色是刘和珍，如何让我拒绝呢，就干了一杯。这一杯惹事了，李大钊的扮演者也敬了我一杯。接下来是鲁迅的扮演者、许广平的扮演者、丁玲的扮演者都敬了我一杯。这还不算，他们为了向我展示才艺，还把他们上一次表演的诗剧《鲁迅先生》，给我表演了一个片段——鲁迅的诗合唱：

大江日夜向东流，
聚义群雄又远游。
六代绮罗成旧梦，
石头城上月如钩。
…………

这是一首男女合唱，浑厚的男中音和高亢的女高音交错着，诉说了一个时代的错觉和对未来深情的呼号。我仿佛被带入“五四”之前的那个环境中了，心情沉重，泪眼迷离，付出的代价，就是一连干了两杯。

再好的酒席也有散了的时候。大家各奔东西后，我一个人来到了地铁口。我只觉得头重脚轻，看到下行的电梯在向上飘。我怕了，不敢走了，退回到路边，打了一辆出租车。不出所料，我在出租车上睡着了。当司机把我叫醒的时候，我的头还昏着。

“到了，北京像素。”

“这是哪里？”我从车窗望出去，哪是像素啊，完全是一个陌生的地方，小区入口的大门、灯光，都是我从未见过的。

“像素。导航导到这里，还有错？一百九十块钱，微信还是支付宝？”

“不对……这不是像素。你把我送到像素。”

“喝醉了吧大哥？好好看看，不是像素是哪里？”

“像素我还能不知道？我闭着眼睛都能摸回来……你你你……”我头很沉，还想睡。

“大哥，你要这样子我就开到派出所啦？”

“随你开哪里……我就……就到像素。”

我又睡着了。

当我再次被叫醒的时候，同样是一个陌生的地方。院子里的灯光亮如白昼。一个警察已经拉开了车门，大声地问我：“这是哪里？”

“啊？”

“还能下车吧？”警察的声音很和蔼。

“能。”我下车了。

“睡了多久？”

“不知道。”

“你要去哪里？”

“……像素。”

“刚才送你到像素了，你不下车，记得吧？”

“不记得。”

“现在记得吧？”

“记得了。”

“来，在记录上签个字，没问题吧？”

“没问题。”

我跟着警察来到了一个厅里。那位司机坐在一边。另一个更年轻的警察从柜台里递出一个本子，对我说：“读一遍，确认有没有错。”

我看了看，大意是，车号是某某某的出租车，送我到北京像素。我喝多了，到了小区门口都不认识家了。司机送我到某某派出所，经查验，司机反映情况属实。我签了字，按了手印。警察让我交车费。我看一下墙上的电子钟，都快凌晨一点了，我怎么回家？我提出还让那个师傅送我回家的要求。警察看了看我，说你行吗？我说没问题。警察同意了。

这是个好司机，他没有计较我的无理取闹，也没多收我往返派出所的费用，只收应收的一百九十块钱。

6

我被汪琪一个擒拿，跪到了地上。另一个警察的铐子就锁到我的手腕上了。我还以为在梦中。整个过程都像梦。先是急促的敲门声……然后，然后我就成这样子了。

完全蒙了的我努力让自己回到现实里。

现实就是，前几天来过的警察再次来到我家了。汪琪的态度也不像上次那么平和了，而是甫一照面就把我撂倒了。他们还搜查了我的家。我当然喊冤叫屈了。我话里甚至都带了脏字："你们已经搞错一次了。××× 还继续搞错。你们真是吃干饭的！"

像素还有一个治安办公室，这也是我头一次知道的。

我被带到了治安办公室。我在治安办公室里生气——愤怒的小火苗已经渐渐消退了。我认识到我的愤怒毫无用处，不但无助于解决问题，还有可能造成更大的误会。但是，以汪琪为首的几个警察和辅警都不在——他们这是要故意晾晾我，熄熄我的愤怒。从监控里，他们应该看出我的情绪已经稳定了。果然，汪琪来了。另两个熟面孔也来了。

"这回我们没有冤枉你。说吧，在荷塘边的小桥上铺淤泥的，是不是你？"面部线条温和的汪琪，眼神竟那么的犀利。

"不是我。"原来还是这个事，我又急了，"不是都说清楚啦？"

"这回就是要听你说清楚。我们的政策是，坦白从宽，明白吗？"

"不是我就不是我……"我突然想起来他们说监控坏了，"你们拿什么证明是我？”

“就知道你会这么说，”汪琪的嘴角牵起一丝冷笑，“我们就不能再装监控？”

“再先进的监控，也不能录下几天前的事……”我突然意识到什么，愣住了，他们重装了监控，而且证明是我。莫非又有人在搞破坏？而且监控里搞破坏的人就是我？这下是跳到黄河也洗不清了。

“说啊，继续说。”汪琪敏感地抓住了我神情的变化，胸有成竹地说，“我再问你，那本书呢？”

“什么书？”

“这本。”汪琪向我展示了《人间滋味》。

“你们从我家里拿来的？”

“我们是从荷塘边的小广场上发现的，它静静地躺在条椅上睡着了。而我们从你家没有搜查出这本书来。”

“这又能说明什么？”我努力回忆着，昨天下午，我带着这本书去赶总监制兼出品人的饭局，在地铁上读了好几篇文章，后来，后来就酒大了，断片了。这本书怎么会到了汪琪的手上？

“你说能说明什么？我来帮你说吧。”汪琪把书放下来，“昨天晚上，你带着这本书，来到荷塘边的小广场，坐在路灯下看书——其实是在等待。一直等到凌晨，就是从零点到一点之间，你来到小桥上，用随身携带的工具，开始破坏，把木桥上的木板拆掉了十二块，留下了两米多宽的豁口。你的作案动机，就是要阻止健步走们的行走。”

“不可能！”我大声叫道，“我会这么笨蛋？我拆了这里，他们不会走那里？”

汪琪跟做记录的高个子警察使了个眼神。

高个子警察把手机拿到我面前，放了一段视频。视频里，一个身影模糊的人，正在荷塘的小桥上拆桥板。那个人就是我。有几个动作，正巧面对着监控镜头，一看也是我的样子。虽然从小广场上照过来的灯光晦暗，又有树影的过滤，还是能看出是我的影像。我完全惊呆了。有《人间滋味》的物证，还有监控视频，我怎么能说得清楚？这就是板上钉钉了。且慢，零点至一点？我在派出所啊，有派出所的警察给我证明啊，还有出租车司机也可以证明。我断片后的记忆，就是从派出所开始恢复的。

“这是哪来的？”我声音平静多了。

“从监控上截取的。你还有什么话说？”

“有。”我肯定地说。

高个子警察又回到桌前，准备记录了。

我把昨天晚上如何喝酒，如何被司机送到派出所，又如何回来的事实陈述了一遍。

7

演出非常成功。

我的诗剧，于 2021 年元旦这天隆重上演了。我作为嘉宾应邀前去观看了演出，回来已经是下午五点钟了。

北京冬天的下午五点，路灯已经亮了。步行街的路灯下，我看到汪琪和高个子警察、矮壮的辅警，正在发传单。我已经两个月没见到汪警官了，她比以前似乎更胖了（也可能和身穿大衣有关），脸色是白里透红的。白，是她皮肤天然的好；红，可能是在步行街上被寒风吹了半天有关。我主动迎上去，接过她发的一张传单。上次是全民防诈骗的宣传，这次还是防诈骗，外加了防火防盗。她看到是我，脸更红了，仿佛是在跟我道歉。我不需要她的道歉。相反，我应该感谢她，因为发生了两起案子之后，我发现，步行街上的广场舞发生了细微的变化，主要体现在，音乐的声音小了。还有，原来的六支队伍，合并成四支了。而早上那支健步走的队伍，时间改了，不是在早上，而是在晚上了，和广场舞几乎同步，路线也做了调整。我知道，这一定和汪警官有关，说明我反映的情况，她努力去解决了。难道不应该感谢她吗？除了感谢之外，我还关心那两起案子，破了吗？

“真不好意思，忘了对你说了——那个案子破了，早就破了，本来要跟你……解释或道歉什么的，可一忙，忘了。”她主动说了。

我刚要问问是谁作的案，作案动机是什么，她手机响了。她走到一边接电话了。

她接完电话，急匆匆走到路灯下，拉过一个正在写作业的小女生，把小女生的书包拎在手里，来到我跟前，说：“大哥辛苦你下，帮我看着孩子，我执行个紧急任务去。”

还没等我说话，她就招呼高个子警察和矮壮辅警，跑向一边的警车了。

我和小女生站在步行街上，看着警车开上了草房西路。

“叔叔，你认识我妈？”小女生昂着头问我。

“认识，我和你妈妈是朋友。”为了取得小女生的信任，我故意夸大了我们的关系。小女生和她妈很像，皮肤好，眼睛大，脖子上围一条带卡通图案的围巾，戴一顶绒球帽，穿一件长款的红色羽绒服，可能受她妈的影响吧，腰上也系一根白皮带，很可爱。我摸摸她的帽子，说，“我还知道你念三年级。我送你回家吧。”

“我不回家。回家就我一个人，不好玩。”

哦，爸爸不在吗？我没有问，这有可能涉及家庭隐私，我便岔开话题说：“不冷吧？”

“不冷。还有呢？”

“什么还有？”

“你知道我念三年级，还知道什么？”小女生的问话，不愧是公安的后代。

我被问住了。我只知道这些。当然，我也不是好对付的，我至少接受过她妈妈的两次审讯，多少有点经验。我说：“还有很多，不告诉你，保密，这是我和你妈妈的秘密。”

小女生笑了，她把书包背到身上。

我牵住她的手，说：“跟我回家吧。”

她蹦蹦跳跳地跟着我，来到5号楼12层我的房间。路上，我已经知道她叫汪菁菁了。

菁菁简直是个小人精，她一进房间，脱掉大衣，对我的书橱大感兴趣，一边看着一排排书，一边问：“我妈来过吗？”

“你妈妈呀，来过两次。”

“我猜就是。妈妈肯定喜欢你的书。”菁菁抽出一本汪曾祺的《塔上随笔》，翻了翻，又抽出一本《独坐小品》，举着书，显摆道，“我家也有这两本书。我家有好多书。我家的书比你家多很多。叔叔，我也喜欢你。你什么时候到我家玩玩啊？”

“这个嘛……”我不知道说什么好了。

“那我也不催你。我可以画画吗？”菁菁看到我桌子上的几张A4纸和一盒彩笔了。

“可以啊。你会画什么呢？”

“我画——我和叔叔吧。”菁菁开始趴在桌子上画画。不多一会儿，就画好了。她画了一个小女孩，穿红色羽绒服，扎着小辫子。又画了一个叔叔，可能就是我了。可是，她给这个叔叔穿了一件警服，还戴了大盖帽，正搀着小女孩的手在逛街。旁边写上：叔叔和我。

“叔叔怎么是警察？”我问。

“嘻嘻……”菁菁笑了，有点不好意思地跑到窗户前，朝楼下张望，惊讶地叫道，“呀，真漂亮！”

我也走到窗前，看楼下的步行街。步行街上，大树的叶子已经落光了，路灯制造出各色迷幻的灯影，映照着渐渐稠密的行人。他们融在灯海中，每个人都有清晰的面孔，也有清晰的轨迹。让我感到惊喜的是，在那些人流中，有一个健美的身影特别显眼，她就是汪琪，身穿警服的汪琪，有一种别样的风姿，似乎所有美丽的灯影都汇聚到她身上了。我脑海中突然有个意象，冒出了下一篇文章的内容，题目就叫《灯色》。

“看，妈妈！”菁菁也看到她妈妈了，“叔叔你看，那是我妈妈。”

“看到了。”

“妈妈会来接我吗？”

“她就是来接你的。”

“叔叔，我饿了，妈妈肯定会带我去吃饭的，我让妈妈请你一起吃饭可以吗？”

“可以啊，要不我请你和你妈妈吧。”

说话间，门被敲响了。菁菁像欢喜的小兔子，跑去开门了。

2020 年 10 月 23 日上午初稿于北京像素荷边小筑

2021 年 1 月 15 日晚修订

小棉袄

女儿是父亲的小棉袄，温暖，贴心。

胡乐乐觉得自己这个小棉袄没做好，至少没有想的那么好。倒是父亲，给了她莫大的帮助，成了她的“老棉袄”。

自从父亲告别故乡来到北京像素的家里，胡乐乐下班时就很悠闲了。不再急慌慌赶命一样奔波了。家有一老，赛有一宝，就是说她这样的小家的——无论下班多么晚，到家多么累，都可以喘口气，都有现成的饭吃，而且饭菜可口，仿佛回到童年，回到少年，回到可以撒娇顽皮的老宅。只是想到童年和少年，想到老宅，胡乐乐心里不免又掺杂一丝伤感，毕竟双亲成了单亲——母亲在去年去世了。母亲去世给胡乐乐打击很大。研究生毕业那年，母亲还没老，还是一位高雅、端庄、知性的中学教师，还对胡乐乐说，乐呀，不要读博了，早些结婚，我过几年退休去给你们带孩子。毕业后的乐乐真的顺风顺水，很快找到了理想的工作，又很快谈了男朋友——就像设计好的一样，优秀大龄男青年小罗就在她情感（婚姻）的路上等着她了。说他优秀，是因为他在三十一岁就拼上了公司的高管，有车有房有积蓄。说大龄是胡乐乐的自我夸张，也不过比她大六岁。六岁，胡乐乐很喜欢这个年龄差，代沟似有未有，能知冷知热疼老婆。果然，二人相处融洽，很快就走进了婚姻的殿堂。之后的小日子平静而安逸，上班，下班，逛街，下馆子，做家务，买衣服，隔三岔五和闺密小聚。这期间父母先后退休了。母亲旧话重提，让他们赶快生个孩子让她带。可话说过不久，母亲突然病了。病来如山倒。胡乐乐思想上还没准备好，病魔就夺走了母亲的生命。真是太突然了，从住院到告别人世，天顶天才十三天。胡乐乐难以接受，好多天都缓不过来，树欲静而风不止，子欲养而亲不待。母亲还没有享她一天福，还没有见到第三代，就撒手人寰了。从此她对父亲格外地关心，三天两次电话，或一天三次电话，嘘寒问暖，还给父亲网购些滋补品，直接寄过去。她知道父亲此时更孤单，更寂寞，更需要温暖。她也曾多次劝父亲来北京，和他们同住。但父亲都说不需要。她也知道父亲自尊心强，不想让女儿女婿怜悯。胡乐乐也不好强求。但上天总有奇妙的安排，不久后，胡乐乐怀孕了，而且孕期反应很大，嘴巴挑得不得了，酸也不行，甜也不行，辣更不行，还没有小猫咪的饭量大，这怎么得了？自己都营养不良了，如何供养肚里的胎儿？女儿向父亲求援。父亲反倒怜悯起女儿来了。爱人去世了，最亲的人就是女儿了，他不来照顾谁来？女婿小罗老家是湖南山区，父母都是山民，家里有一大摊子事，来城里更不合适。就这样，父亲锁门闭户，告别故乡，告别亲朋，不远千里，来到北京。

胡乐乐在北京像素的公寓，房子虽不大，两房一厅也能将就住。关键是，在父亲的精心料理下，小家充满温情，更有家的味道。说来也怪，父亲一来，她的孕期反应顿时消失了，嘴巴像正常人一样能吃能喝了。她情绪一稳定，生活又恢复正常，再加上父亲在身边，天天乐乐呵呵，满心幸福，连带着小罗也沾了光，家里的日常生活不用操心，能够把更多的精力投入到公司里了。乐乐呢，也不再操心父亲会不会孤独、会不会无聊了。唯一让她不安的是，本来是想让父亲来休闲度假的，没想到成了家里的“保姆”。父亲的确也承担了保姆的工作，每天的菜花样翻新，两荤一素，或两素一荤，汤也不重样，鸡汤、鱼汤、骨头汤，都是新鲜美味，还煲过猪蹄汤、杂菌汤、牛尾巴汤。人要有衣，饭要有汤；好衣装人相，好汤养人颜。胡乐乐喝着营养丰富的美味靓汤，越发的白白胖胖、精神饱满、健康滋润了。时间也快，一晃就是半年多，胎儿已经七八个月了，每次检查，医生都夸她保养得好，也夸肚子里的宝宝不任性，风调雨顺，茁壮成长。胡乐乐每次都美滋滋的，对陪她来的小罗说，真亏老爸，小时候就爱吃老爸做的饭，没想到长大了，独立了，还是离不开。又调侃小罗道，这些年跟着你受苦受累，吃的是猪狗食，住的是牛马窝，直到老爸来了，才翻身像个公主。小罗也深有感触地说，咱一定要对爸好些。

其实已经够好了，语言上的体贴关心就不用说啦，吃喝就更是不用操心了。就说每天晚上吧，吃完晚饭，胡乐乐都要陪老爸散步。小区的绿化很美，简直和公园差不多，有湖泊，有喷泉，有雕塑，在许多草坪、绿化带、密林边上还有长椅供居民小憩，甚至还有亭、台、阁、榭这样颇具江南风情的小点缀。胡乐乐会和老爸在这些地方徜徉、流连，喁喁小谈，偶尔也会说起童年、少年的许多趣事、糗事，父女俩都会会意地哈哈一笑。但说起童年就不可避免地会说起母亲，乐乐往往会话到为止，以防引起父亲的怀念。小区里好玩的东西也不少，仅跳各种广场舞的就有五六处，还有健身房、游泳馆、棋牌室，都是好玩的地方。她有时候会说，老爸，你也选一个项目，跟他们一起玩玩。老胡笑笑，和女儿一起欣赏一小会儿，看看他们舞舞太极剑，或看一群打扮妖艳的大妈跳民族舞。

一般都是在小区边走边玩半小时后，小罗洗好了锅碗，也会找过来，加入他们散步的队伍。

应该说，这样的日子确实安逸而幸福。

但是，最近，似乎出了一些小状况。

起先胡乐乐也没有注意，是小罗提醒她的。小罗说，咱爸又出去了，这几天咱爸玩的时间越来越长了。胡乐乐觉得小罗的话里有话，想想，每天晚上，他们一家三口散步回来，喝点茶、吃点水果之后，父亲都会出去玩会儿——最初也是乐乐的主意。自从乐乐怀孕后，家里的电视就不开了，电脑也不用了。小罗为了不影响乐乐休息，也早早就睡了。乐乐知道老爸不习惯早睡，毕竟六十多岁了，睡得少，睁着眼躺在床上也难受，便鼓励他再出去多遛会儿，还不到九点嘛，外面的广场舞还没散，还有个吹萨克斯的，很好听，去凑个热闹当个听众。老胡也觉得在家摸摸索索会影响女儿休息，便再次出门了。乐乐一般是九点半就睡了。小罗也不超过十点。乐乐倒下就进入梦乡。小罗却要有一会儿才能入睡，这时候，他会感觉到老胡回来的开门声，虽然是小心而又谨慎的，但小罗还是能感受到。小罗并不是要监视岳父，说实话，他对老人的安全还是挂念的，所以只有感觉到岳父回来了，他才安心入睡。但岳父回来的时间越来越延后了，从原来的十点刚过，到十点半，十一点，现在都十一点半以后了。有一次，小罗实在撑不住，睡着了，都不记得老人是什么时候回来的。乐乐对于小罗提供的情况并没上心，五六月份的天气，不冷不热又花红柳绿，老爸在外面多遛会儿也正常。但她还是悄悄关注起来。父亲再次出门时，会把本来就一尘不染的皮鞋再擦拭一下，会对着门边的镜子看一眼。父亲从来都是讲究的人，做了近四十年老师，在学生面前都要讲究些仪表的。乐乐不觉得不正常。让乐乐觉得不正常的是，父亲扔垃圾。有时扔过垃圾了，父亲还要找点垃圾带下去——这也可以解释为父亲多年的洁癖。但父亲有时候略有不对的神色，就不太好理解了。比如那次吃鱼，剩下的鱼架子只有头和尾还略有价值，按照父亲的习惯，会扔了的。可他却拿了个塑料袋套起来，放进了冰箱。一家散步回来，父亲第二次出门时，居然又把它拿出来带上了，还从汤锅里捞出两块牛尾骨，然后神色略显慌乱和紧张地出了门。父亲走后，乐乐和小罗开始猜测和推想了。其实很容易就会想到，鱼架子和牛尾骨，都是猫狗爱吃的，父亲会不会拿去喂了流浪狗或流浪猫呢？完全有可能，父亲心地善良，如果他发现这些动物流浪在垃圾箱边，拿些食物去喂喂它们，也是人之常情。为了让父亲有自己的一点隐私，乐乐和小罗商量决定，对父亲的行为不去过问，只要他开心，随便喂什么都行。同时呢，也顺便再观察观察。

这一观察，问题大了，老胡除了带吃的走，还连续几天很晚才归家。很晚有多晚？乐乐问小罗。小罗说，都在午夜之后。喂个猫狗要这么久吗？乐乐想想也不对了。但是毕竟是父亲，她也不好多问。小夫妻商量一下，决定跟踪——当然是善意的，小罗再三强调，不管结果如何，都要保护老人的隐私，绝不点破。

这天，正常地散步回来，一家围坐在客厅，吃了刚买的荔枝，又吃了半片西瓜。气氛特别好，老胡对于自己亲手挑选的荔枝很满意，说，这种荔枝产自海南，叫妃子笑，肉厚汁多核小，清甜爽口，营养价值高，多吃些好。乐乐也确实吃了不少，还说宝宝将来的皮肤也像荔枝肉那么白嫩就好了。吃完后，小夫妻俩若无其事地回自己房间了。

老胡和往日一样，简单收拾一下，把荔枝壳和西瓜皮装到袋子里，又悄悄取出吃剩的骨头和鱼架子，拎着出门了。

老胡前脚刚走，乐乐和小罗就从卧室出来了。不知为什么，乐乐有些紧张，仿佛接下来的跟踪就像谍战故事片里的情节一样，充满风险和恐怖。小罗笑着牵牵她的手，看着她的大肚子，说，亲爱的，你别去吧，我去看看就明白了。乐乐说不行，我可不想让老爸受一点委屈。

像素小区里，各路锻炼的队伍一眨眼就散了，和半个小时前相比，安逸、静谧了很多，那个吹萨克斯的也在收拾东西准备走人。5 月的晚风软软地吹来，温馨而惬意，北京难得有这样的晚风，而且天空晴朗，空气清新，居然看见一两颗星星。但乐乐和小罗无心欣赏这样的夜色，他们互相牵着手，四处张望，寻找父亲的身影。父亲不会走远的，他应该就在附近。可在昏黄的路灯下，在视线之内，并没有父亲的影子。乐乐和小罗先绕着自家的这幢楼走了一圈，然后范围渐渐扩展。这个小区超大，分南区北区，共有二十层以上的楼群（三幢一组）四十多组，有数万居民入住，如果绕小区最大化走一圈，约四十分钟。小区里路道纵横，隔开各种花圃、草坪、水池、喷泉、运动场等公共设施。乐乐在散步的时候，知道哪里是流浪猫集中的地方，那就是文化广场边上的小花园里，靠近广场的一棵棵海棠树下，会有各种小容器，许多人会带着猫粮放进容器中。这些猫咪，也是性格各异，有的猫咪早早就在等候了，有的猫咪要闻到猫粮味才从什么地方冒出来。它们大都神态悠闲地用餐，并不争抢，似乎在自家的餐厅一样。有一只毛发很长、体格超大的白色流浪猫，无论长相和性格，都讨人喜欢。还有一只精瘦的黄猫最胆小，从来不敢在有人时吃东西，也不敢和别的猫咪抢食，都是在最后才出来。

乐乐、小罗和父亲散步到这儿，也会停下来看看这些猫咪，猫咪们也是千差万别，有的性情调皮，有的神态安然，有的看起来面目狰狞其实更温顺更可爱，有的喜欢和人逗趣，有的不近人身见人就躲。那只大白猫最好，喜欢在老胡的腿上蹭蹭，在脚面上打个滚。老胡虽然嫌它脏，当众也不好说什么。有那么一两次，不见了大白猫，老胡还四处张望几眼，还说，它跟我套近乎，可惜我一次也没拿好吃的来。口气里略有一丝抱歉。所以，乐乐和小罗估计父亲会在文化广场喂猫也是有道理的。

他们径直走到花园边上，没有看到父亲，连猫咪们也都休息去了，只有一对相拥的情侣坐在一棵石榴树下小声争吵着什么。

没有看到父亲，乐乐有些沉不住气了，她抖一下小罗的手，噘着嘴盯着他，意思是说，怎么办啊？小罗也不说话，他手上带带劲，牵着乐乐，走在小区的道路上。小罗只是觉得岳父不会走远，也可能不经意就会在哪里碰面的。果然，不远处的一组垃圾桶边，一个人影十分熟悉。小罗拉住了乐乐，躲进一棵白皮松下的阴影里。乐乐也看到了，那正是父亲。他在干什么？哦，果然在喂猫——那是只花猫，正在埋头吃东西。

老胡的“猫粮”不是成袋包装的颗粒状，而是从冰箱里拿出来的鱼架子，比专业的猫粮更天然，更鲜美，那只花猫吃得也很专心。但在花猫几步远处，还有一条狗，是一条杂种狗，不大，很脏的样子，辨不清花色了，可能是灰的，可能是黄的，也可能是白的，它正歪头看花猫享用美食，有时探着步子想靠近花猫，老胡会跺下脚吓唬它，说些什么，大概也不是友好的话。杂种狗便蹲下来，老实了。老胡从拎在手里的一只袋子里取出一块骨头——今天吃的是骨头汤，那应该是一块猪蹄骨了——扔到狗嘴下边。奇怪的是杂种狗并没有受宠若惊叼着就跑，而是闻来闻去，挑了半天，才歪头啃起来。

这回是乐乐拉一下小罗了。乐乐往小罗身上贴贴，轻声说，咱回吧，瞧见没？又是猫又是狗的。小罗也感叹说，可能还有下一站呢……老爸好有爱啊。小罗搀着乐乐悄悄从原路返回了。小两口儿一边走一边说些猫啊狗的事。乐乐想得更多些，说老爸原来并不喜欢小动物的，说真话，他还讨厌狗呢，因为有一次，一条狗咬伤了他的学生，耽误了几天课。可能是北京的生活太无聊了，太无趣了，没有同事，没有朋友，连邻居都不相往来，只能把生活情趣寄托在猫狗身上了。乐乐说着说着，伤感起来，觉得父亲太不容易了，本来是想让他进京靠靠女儿，过过清闲日子的，没想到……唉！小罗怕乐乐的情绪变化影响她身体，安慰道，没事的，乐，老爸也许很开心呢，咱别打扰他，他喜欢喂猫喂狗就让他喂，等咱们宝宝大了，也养只宠物给老爸玩。乐乐说，那咱就有三个宠物啦。小罗一时没理解，侧着头疑惑地盯着乐乐看。乐乐笑道，对你来说，该是四个宠物啦……我想做你的小宠物，让你哄着抱着。小罗这才开心地乐了。

乐乐的预产期很快到了。宝宝也真省心，一分钟都不想在妈妈肚子里待，在一个阳光明媚的近午时分，连哭带闹地来到人间。七斤六两的大胖儿子把小罗的嘴都喜歪了，单位也给力，给他三个月的产假。不消说，在老胡和小罗的精心护理下，月子里的乐乐和宝宝健康成长，白白胖胖的乐乐天天叫着要减肥减肥，可宝宝的饭量超大，要确保奶水的优质供应，她又不得不吃，又越吃越饿，越饿越吃，鱼汤更是一天三顿，每顿一碗。儿子见风长，每天一个样。她也更白更胖了。

每天晚上，老胡把鱼汤里的鱼，整条整条捞出来，小心地装在塑料袋里。这些一碰就碎的鱼，白煞煞的，营养都被汤拿光了。乐乐和小罗知道他是拿去喂猫喂狗的，也不去管他。但是也许是自己多心吧，有一天，老胡心血来潮，说了句，扔了太可惜，做个试验看看。他就把鱼放在盘子里，加上油盐醋糖和葱姜蒜酱等作料，放蒸锅里蒸。蒸出来后，老胡自己尝一口，感觉像棉花一样无味。他又让小罗尝尝。小罗尝一口，没有下咽，吐进了垃圾筐，笑着说，老爸，咱不能这样省啊，太没口感了，鱼渣就不吃了，小区里那么多流浪猫流浪狗，拿去喂喂它们好啦。老胡喜上眉梢，连说，也是也是……营养都在汤里了。

就这样，老胡在女儿和女婿的心目中，是个家里家外都有爱心，又有生活情趣的快乐的老人。

但是，一个偶然间，小罗发现了岳父一个惊天秘密。那是11月初的一个晚上，他在单位加班很晚了，搭同事的车，拐走北门进了小区。此时已经接近午夜，小区里秋风萧瑟，树影摇曳，有落叶和塑料袋在脚下乱窜。小罗掩紧风衣，一路急行在小区明明暗暗的路道上。突然，毫无预兆地，一个熟悉的身影闯进他的视线——在垃圾桶里翻找垃圾的正是岳父，在他腿边，是一摞纸板。由于把半个身子都探进了垃圾桶，对方并没有发现小罗。此时的小罗十分紧张，如果退回去，是一片开阔地，很容易被岳父发现；如果硬着头皮走过去，必经岳父的身后，而身后那摞纸板边上，一条脏不拉几的小花狗正警惕地打量着小罗。小罗如果再靠近一些，小花狗说不定会蹿上来吠他——它是在帮主人守东西，哪能允许陌生人靠近呢？还是后退更妥当些。小罗悄悄转身，悄悄加快了脚步，像做错事的孩子怕家长追罚一样，走到一排冬青墙后才敢大口喘气。这儿离岳父的垃圾桶稍远些，路灯也昏暗，可以观察一下岳父了。那是岳父吗？小罗这才怀疑自己的眼睛。没错，是岳父，千真万确，无论是衣着，还是发型，都是岳父。特别是发型，可能是做过多年中学教师的缘故吧，岳父的发型一直都是向后梳，一副标准的知识分子打扮。可不愁吃穿也不缺钱花的岳父为什么会在深夜的小区里捡破烂？显然他不是义务工作者来打扫卫生的，他实实在在是捡可以回收的各种废品的，在他身后不是已经打成一捆纸板了吗？还有那只形迹可疑的小花狗，似曾相识。小罗在纳闷之余，又有些歉疚，觉得在哪里亏待了岳父，或没有照顾好岳父。在宝宝成长的五个多月里，全家人全身心都扑在宝宝身上，只说岳父深夜出门是去喂流浪猫和流浪狗，是献爱心，是逗趣玩乐，没想到他在捡破烂。这个“爱好”可不大好，让乐乐知道肯定接受不了。

小罗看到岳父已经从垃圾桶里拔出了头，把手里的一个纸盒拍扁。小花狗就跑过来，叼了纸盒摞到一起。这个小插曲让小罗心里涌起一点小小的温馨。但随即，小罗就知道不能久留，因为岳父已经拎着一大捆纸盒走了。要不了多久他就回家了。小罗要赶在他之前回家，否则会让岳父怀疑自己的偷窥——岳父捡垃圾、卖破烂，是要瞒着家人的。即便是他觉得这些垃圾不捡了可惜，即便是他也能为家里增加些小收入，对于他这样一个收入不低的退休老教师来说，也不是什么光彩的事。

小罗回到家里，蹑手蹑脚走进卧室，看到乐乐睡得正香，身边的宝宝也嘟着红红的小嘴做裹奶的动作。五个多月的宝宝已经二十多斤了，又超重又超高，天天乐呵呵萌萌哒，能吃能睡，能撒能拉，活泼聪明，健康可爱，这都是乐乐和岳父的功劳。每次小罗下班回家，心里都美美的，家有贤妻爱子，还有能料理一切的老人，幸福生活不过如此。但是，幸福的烦恼也是烦恼，岳父怎么捡起了垃圾？鬼鬼祟祟，偷偷摸摸，深更半夜在小区里乱窜，还和一条流浪狗为伍做伴，他想干什么呢？

岳父回来了。和以往一样，也是轻手轻脚的。小罗能感觉到他换鞋、洗手、喝茶等一系列睡前的动作，甚至能闻出他身上的垃圾气味。一切归于平静之后，小罗开始考虑下一步，要不要让乐乐知道？知道了又怎么办？小罗觉得岳父给他出了个难题。严格地说，岳父这些天并没有出现特别怪异的行为——这不是什么好事。这说明，岳父已经对捡垃圾、卖破烂习以为常了。

小罗决定再冒风险跟踪一次。

跟踪的结果更让小罗大吃一惊。岳父不但捡拾破烂，而且还貌似有一个根据地——在小区北墙外，是一条修建了多年而一直未建好的马路，在烂尾马路和北墙中间地段，有一个十几棵树组成的小树林，林中有一个低矮的帆布棚。小罗看到，老胡隔墙，把一摞纸板从铁栅栏上扔了过去。响声惊动了一条狗，是一条大黑狗，它摇着尾巴不知从什么地方友好地跑过来，从栅栏里伸头舔老胡的手。老胡把小花狗也从栅栏塞到了墙那边，快乐地拍一下大黑狗的脑门，说，小罗，别欺负乐乐啊。乐乐，你也要听话，别淘气，看好纸板。老胡的话简直让小罗惊悚和恐怖了——老人家竟然把两条狗当成了他的女儿女婿！反过来说，他和乐乐成了老人的两条宠物，他成了大黑狗，乐乐成了小花狗。这都哪跟哪啊！

岳父真动心思啊，选择这么一个偏僻的地方，还收留两条流浪狗。小罗想着，悄悄躲进了夜色中，潜到家时还惊魂未定——呼哧呼哧地喘气，进而又禁不住哑然失笑，有什么可怕的？小罗想着，朦胧中，看爱人和宝宝熟睡的样子，心里渐渐恢复了平静，同时耳朵又竖起来，注意听客厅的动静。但是，小罗这次的跟踪行动，没有躲过乐乐的眼睛。乐乐长长的睫毛眨动一下，带动卧室里暗红色微光也跟着眨动了，她忍不住问，干吗去啦？小罗愣了神，他没想到乐乐没睡。由于事先没有预案，一下子不知如何回答，一时语塞，又支支吾吾语不成句，让乐乐睡意顿消。乐乐轻轻坐起来，盘腿坐在床上，长发凌乱，神情哀怨。小罗心里又慌乱又紧张，他知道乐乐误解了，以为他干什么不正当勾当去了，只好实话实说。乐乐听了小罗一五一十的描述，也傻了。正巧父亲回来，小两口儿都闭了嘴。

乐乐也决定跟踪一次。

她倒不是不相信小罗的话。她也是觉得父亲的行为太诡异了，捡垃圾，还有一个秘密场所。如果仅仅是喂流浪狗或流浪猫，还可以理解，就算收养几条猫狗也正常，为它们建家立舍，是不是过分了呢？那可是违建啊，弄不好惹出什么官司来也有可能。根据小罗提供的方位，乐乐很容易就找到北墙外的小树林了。乐乐是哄好了宝宝熟睡后，在小罗专心看护下才穿戴好出门的，所以她心里很踏实，决定要观察个水落石出。

乐乐潜伏的位置，正好是地下车库的出气窗，这是一幢伫立在草坪上的建筑，有楼梯步道连接地上地下。乐乐透过窗户，不远不近，正好可以看到隔着北墙的小树林，在昏暗的光影中，林中的帆布棚、堆积的纸板、几口袋饮料瓶，都能辨别得清。如果真有一条狗，不管是大黑狗还是小花狗，也能一目了然，就不用说父亲的出现了。

父亲还没有出现，乐乐还需耐心。但是，有人来了——这是谁？怎么会出现在父亲的领地？此人背着一只特大的蛇皮袋子，手里还拎着一捆东西，对，那是纸板。狗也来了，一条健壮的大黑狗——这就是小罗描述的“小罗”？“小罗”和来人一起，从容地来到林子里。来人放下东西，掠一下头发——天啦，是个女人？一个中等身材、偏瘦、高脖子的女人，乐乐紧张得心都要蹦出嗓子眼儿了，能听到胸口扑通扑通的震动——女人酷似母亲——她当然不是母亲了。她是谁？女人钻进帆布棚里了。“小罗”蹲在那堆东西边，像忠诚的哨兵。一会儿，女人出来了，居然换了一件上衣，整洁、精神了许多，一边梳头一边把“小罗”踢开，然后……然后消失了。女人像有特异功能一样，平地突然消失了。而“小罗”却在原地摇着尾巴。乐乐不明就里，感觉女人并未消失，而是隐身了——她有隐身术吗？她不会是林中妖魔吧？乐乐渐渐平静下来，眼睛继续盯着林子，心却飞到了从前，飞到少女时代，飞到妈妈身边。不知为什么，这个女人让她想起妈妈，妈妈也有这样瘦削的身影，也有这样高高的脖颈。但是，眼前的场景让她无法走进美好的回忆里——乐乐只是眼睛一眨，一条小花狗跑进了她的视线。小花狗——“乐乐”？“乐乐”是在墙里边，它隔着栅栏和迎上来的“小罗”扑在一起，头蹭头地亲密。乐乐再次紧张起来。她知道父亲要出现了。父亲果然跟在“乐乐”的后边走进了视线。父亲手里果然拎着一捆纸板。父亲果然把纸板隔墙扔进了栅栏外的林子里。“噗”的一声，乐乐听得清清楚楚，就连地上腾起的稀薄的烟尘也清晰可见——父亲的出现，似乎让她拉近了和小树林的距离。父亲似乎说了一声什么，仿佛是在招呼谁。乐乐惊愕了，父亲在叫“大萍”。谁是大萍？那是父亲一直对母亲的称呼啊。

“乐乐”从栅栏的缝隙里钻了出去，和“小罗”在林子里追逐游戏。而那个消失的女人又神奇地从地里冒了出来——她居然又换了一身衣服，一件带暗花的棉袄。乐乐已经意识到，她是从地井里钻上来的。她就住在地井里。她显然就是父亲口中的“大萍”了。父亲是傻了吗，怎么把家里人的名字随便用在陌生人和动物的身上呢？隔着栅栏，父亲正和女人说着什么。声音太小了，乐乐根本听不清，而且父亲的手和女人的手已经拉在了一起。

乐乐突然意识到什么，难道父亲恋爱啦？乐乐不忍再看，迅速转头跑了。

骤起的北风吹散了乐乐的长发，乐乐顿感一丝寒冷。她身上薄薄的居家小棉袄显然不能抵御突然而至的降温。但，一边跑一边掩紧衣服的乐乐，心里渐渐升起一丝暖意。

坐姿

坐 姿

1

如果你没有见过这样奇特的脸形，或许见过五面魔方。五面魔方又叫正十二面体魔方。

许德海的脸形就像正十二面体魔方的一个面，呈五边形，而且也像正十二面体魔方的一个面那样，呈现各种各样错综复杂的花色。正十二面体魔方，据说是很难玩的一种魔方，把十二个面的颜色统一了，不是一般人能过得了的关。许德海脸上的五彩斑斓，当然也就一直处于杂乱无章的状态了。

许德海的女儿许晶晶，是在早上发现父亲脸上又多了一种颜色的。

许晶晶在客厅里，见父亲往身上套衣服。这是一件深灰色的过时的老派风衣，许晶晶在二十五年前就见父亲穿过了。那时候，父亲高大孔武，双手斜插在风衣口袋里，大翻领子竖起来，腿脚灵便，走路带起的风，能卷起路边的落叶。二十五年后，父亲依然高大，却只能用蹒跚来形容了。

“爸，都六月了，今天温度也高，不用穿风衣。”

许德海没理会女儿。在家里，他不理会任何人说话。就算是女儿，他也爱理不理的。

就在许德海开门出去的时候，许晶晶发现父亲的左眼下，多了一块青。这块青有一分钱硬币大，呈不规则的五边形。许晶晶试图叫住父亲问个究竟。但许德海显然识破了女儿的用心，身子一侧，出门了。父亲自从几年前患了脑血栓治愈后，落下了后遗症，腿脚就不利索了。可这一闪身，敏捷而迅速，仿佛又回到二十五年前她七岁的记忆里。

许晶晶觉得父亲有点反常。这几天，不，快一个月了，父亲一直反常。有一次，她刚下班回到家，父亲也从外面回来了。父亲走到她身边，像是要说话的样子，又什么也没说，而是从风衣的口袋里，往外掏东西。许晶晶以为他要掏出什么宝贝来，或像小时候一样给她一颗糖，却掏出一盆微型塑料盆景，土褐色的小盆，还没有刷牙杯那么大，盆里是一丛天星草，细绿的茎，顶着米粒样的白色小花。许晶晶以为父亲会把小盆景送给她，或放在茶几上供家人观赏。可他老人家看了看盆景，又小心地放回口袋里了。然后，慢慢吞吞地走到窗户前，坐到他的专用椅子上。坐下后的父亲眼神祥和，平静的脸上有些笑意，似乎非常享受这样的安坐。但许晶晶还是发觉了父亲的反常，美好的神情和口袋里的小盆景，都引起她的注意，便想和父亲聊几句。还没有开口，五岁的女儿夸夸从幼儿园回来了。是丈夫陈大解接回来的。夸夸一回来，就往妈妈身上扑，小嘴巴不停地说着幼儿园里发生的事。叫夸夸一打岔，本想和父亲交流交流的想法就被打消了。

后来，父亲经常从风衣口袋里往外掏东西。他掏出过一个大苹果，也是看看，又装回去了。还掏出过一根青萝卜，一个大石榴，一枝枇杷，几个熟透了的山里红，都是看了看，又放回原处了。最可笑的是，他还掏出过一个魔方，正十二面体魔方。父亲真要是玩魔方，对他病情的进一步恢复，一定大有帮助。父亲的风衣上有两个斜插的大口袋，口袋里能装很多东西。风衣里侧（左右胸部位）还有两个内口袋，也不小，他曾从内口袋里掏出过一块怀表，是他自己的老物件，是刚参加工作时，用第一个月的工资购买的固定资产，坏了后，很久不用了。他能把已经坏了的怀表修好，并放在贴身的口袋里，说明他思维没有问题。这时候，许晶晶的理解是，父亲在口袋里藏东西、掏东西的习惯，也是脑血栓留下的后遗症。许晶晶同情父亲，怜悯父亲，但她既帮不了父亲，也不便说什么。毕竟，父亲是患过重病的人。父亲原是一家国营磷肥厂的木工。磷肥厂的木工，干的都是粗活、累活。按说，他干了一辈子木工，五十五岁退休，身体不至于这么差。可退休不久，就病了，基本没过上好日子。更为不幸的是，母亲在父亲病愈不久，也病倒了——肺部感染致纤维化。母亲就没有父亲的好运了，从发病到去世，一共在医院待了十二天。父亲能在双重打击下挺过来，给悲痛中的许晶晶带来了些许的安慰。

可父亲脸上的五边形瘀青，是怎么回事呢？许晶晶急着要上班，不然，她一定要追回父亲，问问清楚，别是被谁打的吧？谁下手这么狠？或是腿脚不灵，摔的？许晶晶心里有点急，有点内疚，觉得自己对父亲的关心是不是不够？是不是陪父亲的时间太少啦？岂止是少啊，根本就没有时间陪伴啊。许晶晶心里的内疚就渐渐地扩大，想跟父亲说点什么，或什么都不说，就这么陪他坐一坐，陪他一起看看他口袋里的东西，一起玩玩魔方。可父亲并没有这个意思。这时候，她突然想跟踪父亲，看看他这一大早要去哪里。不是去找打他的人复仇的吧？他说话咬字不清，手无缚鸡之力，连一巴掌都撑不住，风吹吹都能倒下。

许晶晶走到窗户前，看了看父亲常坐的椅子。这是一张普通的椅子，带着扶手。父亲坐下后，喜欢把两条胳膊搭在扶手上，腰身挺直，保持一种专注的神态，然后，脸上沁出微微的不易察觉的笑意。许晶晶坐下后，并没有觉得椅子有什么特别的，像父亲那样的端正和笑意她也做得极不自然。许晶晶就多了一层心事，心情跟着沉重了起来。

2

今天是周五。

许晶晶所在的职业技术学校管理不是太紧，她比平时早回了一个小时。她估计父亲应该在家。然而，她估计错了，父亲还没有回来。她看到家里收拾得井井有条，一尘不染——这都是父亲的功劳。父亲一直这样，早上出门，中午回来。由于中午只有他一人在家吃饭，午后出门前，都会把家里收拾得窗明几净。

许晶晶看着窗前那把椅子，想想父亲在出门前，一定在椅子上坐了坐。父亲喜欢在出门前和回家后在椅子上坐一坐，似乎成为他的一种仪式。不知为什么，许晶晶鼻子一酸。

许晶晶打通了父亲的手机。父亲的手机是智能手机，什么功能都有。但到了父亲手里，只有一个功能，就是接听。手机接通了，许晶晶说："爸，你在哪啊？我回家了，你不用买菜，晚饭我来做啊，你想吃什么？"手机另一端响起父亲的声音。许晶晶屏住呼吸仔细地听，在一连串嘁嘁喳喳、咕咕咚咚咬字不清的声音中，她只能辨清"回家"两个字。许晶晶就像哄夸夸一样柔声细气地说："慢慢走啊，不要急，看清路，我没有别的事，今天周末，下班早，告诉你一声，我，回，到，家，了！"

不消几分钟，父亲就回来了，可能走得急吧，有些微微的喘。

许晶晶要帮父亲脱风衣。

他挪了半步，拒绝女儿的帮助。

许晶晶就注视并倾听着父亲的喘息，一直到他渐渐平静，恢复了常态——安静地坐到椅子上。在这个过程中，她认真地看着父亲的神态，父亲像是沉浸在某种回忆里，眼神很静，思想很远，人虽到家了，心思仿佛还在某种气氛里。许晶晶理解不了父亲，但他只要能保持这样的精神状态，就很好了。许晶晶还注意到父亲左眼下的那块青。那块青离眼镜很近，如果再往上偏一点点，眼镜就损坏了，甚至还不只是眼镜，连眼球都会受到株连。许晶晶发现青还没有消退，但比早上要淡了不少。父亲对女儿的端详，眼神里也充满了慈祥的笑，诉说着让所有人都感觉到的幸福和快乐。可许晶晶心里为什么涌动着一阵阵悲伤呢？父亲脸上除了一块青而外，还有一块红，那是从娘胎里带出来的，在鼻子的右下边，或者右嘴角的上侧，不规则得像某省地图。许晶晶人生最初的记忆之一，就是父亲的这块胎记，她多少次靠在父亲的肩膀上，摸摸捏捏父亲的胎记，问疼不疼。父亲有时候说疼，有时候说不疼。说疼的时候，就夸张地昏了过去，吓着了她。说不疼的时候，就在她肉嘟嘟的小胖脸上蹭蹭，脸上的胡须扎得她又疼又痒，惹得她咯咯地笑。父亲是酒糟鼻子，肥且大，可能是年轻时经常挤捏鼻子上的粉刺的缘故吧，鼻子呈褐黑色。父亲还是疤痕形皮肤，两个耳朵下边偏前方，经常一坨一坨地堆积着紫色的肿块，这个消退了，那个又长起来，日积月累，那里就像一丛丛微型的山脉了。父亲的嘴也很有特色，是齿包唇，两颗洁白的上门牙，永远露出一半来，闪闪发亮。现在看来，就算是年轻时，父亲也算不上英俊，甚至属于丑八怪。但在父亲退休之前，或在没有生病之前，她一直没有发现这点，或者根本就没去想父亲的面相。在她的心目中，父亲一直是一棵遮风挡雨的大树。父亲生病之后，特别是在母亲去世之后，她觉得父亲很可怜，很需要关爱，她就在各方面照顾父亲。在父亲身体渐渐好起来之后，她想让父亲出去散散心。去哪里呢？在征求父亲的同意后，决定去一趟欧洲，来一次法、意、德三国行。那时候，女儿夸夸还没有出生，小夫妻俩可以全程陪同。但是，在帮父亲办护照的过程中，发生了让人啼笑皆非的事，由于父亲特殊的脸形，护照上所用的正面照，根本照不到父亲的耳朵。父亲的脸大，腮帮子肥，有累积的山脉（疤疙瘩），而且不规则，耳朵又小，基本上贴在头皮上，摄影师再怎么高明，也无法照到父亲的耳朵。后来想一个办法，照相时，她躲在父亲的身后，用手指支起父亲的耳朵。可父亲的脸太肥了，耳朵太小了，支起来也露不出耳朵来。结果就是，父亲的护照不合格，自然，欧洲之行也就取消了。

“你看我干什么？”许德海说，他眼神里的喜悦渐渐远去，也有点不好意思。许德海站起来，向外眺望，似乎要掩饰什么。

许晶晶从记忆中回到现实里。她用手指了指自己的眼下边，说：“爸，你脸上怎么青了一块？”

“瞎讲，那是胎记！”

“不，是这边。”

“瞎讲！”

“怎么青的……你不记得啦？”

许德海的嘴动了下，没有发出声音。但从嘴形上判断，也应该是“瞎讲”。

许德海在窗前换了个角度，继续瞭望。他当然什么也没有望见。他望了一会儿，一只手伸进口袋里，向外掏东西。他掏啊掏啊，半天没有掏出东西来。再掏啊掏啊，掏出来一个鹅蛋大的绿果子。他看了看果子，在鼻子下嗅了嗅，再看了看，装回口袋里了。

许晶晶一眼没有认出来。这是什么果子呢？样子有点像猕猴桃。但肯定不是猕猴桃，它比猕猴桃要圆满些。许晶晶再次担心起父亲怪异的举止了——脸上的伤都记不得了，口袋里却装些莫名其妙的东西，她怕这样下去，父亲会出问题的。她决定要好好跟父亲谈谈。可怎么谈？谈什么？父亲说话咬字不清（只有她能听得懂，还有一半是猜出来的），可思想不糊涂，引起他不高兴怎么办？有了，大解刚才打电话，女儿的幼儿园，下周一要搞活动，用纸箱给孩子们做成衣服，每个孩子要穿纸箱衣，集体表演太空舞蹈。其实，所谓纸箱衣，就是在大小合适的纸箱上掏一个洞，让小脑袋从洞里伸出来，再在两侧分别各挖一个洞，伸出两只胳膊来。这事交给父亲做，再恰当不过了。许晶晶就从手机里调出照片来，让父亲看，把幼儿园的任务，做了详细的交代。父亲认真地听着，两手插在口袋里，看得出，其中一个口袋里的手在不停地动，那里有一颗抹茶绿色的果子。

3

这招果然奏效，接下来，许德海开始为外孙女的纸箱衣而忙碌。他先从储藏间找出成套的木工工具，又到小区的便利店里找来一个纸箱（陈大解提供的纸箱他没看中），开始在纸箱上比量、画线、凿眼，就像一个精细的裁缝。

从找工具开始，许德海眼里就透出一种温润的神态。他动作虽然缓慢，甚至在做某个姿势时，还有些颤抖，但看起来都是连贯的，有条不紊的，似乎又回到他当年在车间里的工作状态中了。

开始的时候，夸夸要帮忙。夸夸的帮忙就是捣乱，上蹿下跳比谁都亢奋，比谁都积极，不是要递工具，就是在抢工具，还指挥外公要怎样怎样做，让许德海的工作几乎陷入了停顿，甚至根本无法操作。许晶晶就和丈夫一起，带着女儿出去玩了。

下午，许晶晶一家三口回来，许德海不在。客厅里，摆着制作好的纸箱衣。让夸夸兴奋的是，纸箱衣不是一件，而是一套，上衣和裙子，都画上了漂亮的色彩。上衣肥而短，胸前画了一个葵花形的大太阳，身后也背着一朵大葵花，领子下边还有一圈金色的祥云边。裙子涂成了耀眼的翠绿色，裙摆上画了一圈向日葵，和上衣形成呼应。裙子上有六根彩色的带子，是购物袋上当提手用的尼龙绳，此时从小孔里穿出来当成了装饰品。夸夸看到这么漂亮而新奇的纸箱衣，一定要让妈妈给她换上。

许晶晶当然也高兴了，没想到父亲能把纸箱衣做得这么漂亮，她只知道父亲是木工，手巧，没想到父亲的画也如此的精细传神，而且他并没有用专业的画笔和颜料，不过是夸夸在幼儿园画画用的二十四色彩笔。许晶晶真是钦佩父亲了。但她更关心的是父亲此时在哪里，因为她看到了父亲的风衣挂在了衣架上。她喊了两声，没有听到她熟悉的回应。那么，父亲一准又出去了。他是忘记了穿风衣，还是故意不穿的？许晶晶想了想，指示大解帮女儿试新衣，自己悄悄查看了父亲风衣的口袋。口袋里并没有像她想的那样是个藏宝囊，也没有那些奇奇怪怪的水果，只有一团毛线，一团普普通通的毛线而已。许晶晶看了看，没觉得有什么好看的，放鼻子下闻了闻，倒是有种淡淡的陈年的棉花味。许晶晶把那团毛线放回去了，她觉得父亲的这些“玩具”一点也不好玩。照例，许晶晶在失望之余，心里产生了隐约的悲哀。

夸夸穿上纸箱衣时就乐了，不时发出咯咯的笑声，还不时地喊妈妈快看。

许晶晶一看，也乐了。小人儿在纸箱衣里晃晃荡荡的，优哉游哉的——不，是纸箱衣晃晃荡荡、优哉游哉的。许晶晶帮女儿买过许多衣服，也见过许多花色的童装，却从未见过这么有个性的纸箱衣。纸箱衣上的色彩夸张而鲜艳，却一点也不俗，反而有一种和谐美。再看女儿，哈，简直是小人精，这么小就爱美了，跑到镜子前左看右看，张开嘴大笑。许晶晶和陈大解跟着女儿一起开心地乐，陈大解还要教女儿走模特步。女儿也果真走了，更惹得许晶晶笑得不能自已了。

门开了。

许德海拿着一个纸箱进来了。

“外公，我漂亮吧？”夸夸架着小胳膊，蹦跳到外公的面前。

许德海也呵呵地笑着，脸上更加的五彩缤纷了。许德海说：“我再给夸夸做一条长裙子！”

许晶晶说：“爸，这就很好了，不用再做了，本来就是玩的，一个纸箱就够了，你还赠送条裙子呢！”

夸夸抱住许德海手里的纸箱，大声说：“我还要一条长裙子！”

4

周日天快黑时，许德海还没有回来。

许晶晶也并不着急。因为每逢周六周日，父亲都是很晚才回来的。父亲身上有钱，他的钱包里一直有两三百块钱零用钱，足够他在外边吃午饭和晚饭了。但快九点了还没回，也是少见的。许晶晶就从窗户里朝楼下望。小区的道路上，各种路灯已经亮了，在停着许多车辆的路中间，有稀稀落落的行人。许晶晶虽然看不清那些人的面目，她也能断定那些行人里没有父亲。许晶晶心里便开始焦虑——她并不太担心父亲的安全，她是想知道这一次父亲的口袋里会装了什么新东西。

一直到九点半时，夸夸都睡着了，父亲才回来。

“爸，这么晚呀，玩什么好玩的？”许晶晶问。

父亲冲她笑笑，也只是大门牙多露出一点，但脸色是温润的，情绪也是轻松的。

许德海准备绕过女儿去脱风衣时，看到女儿的目光盯着他脸在看——女儿的目光是惊诧的。

许晶晶没想到父亲换了一副眼镜。这是一副什么样的眼镜啊，简直太不拘一格啦——这是一副不规则的五边形眼镜，镜框超大，银白色的金属边，豇豆红色的镜腿，镜片也不是纯白，略带点茶色。在许晶晶的人生经验里，还没有见过这种怪异的眼镜。更让许晶晶惊奇的是，不规则的五边形眼镜，像极了父亲的脸形。这是谁出的主意呢？是故意捉弄父亲，还是要美化父亲？不过说真的，五边形的眼镜，戴在父亲的脸上，和父亲的脸形反而协调了。父亲的脸，不那么夸张了，肥大的两个腮帮子和三角形的脑袋看起来不那么突兀了，甚至，肥大而黝黑的鼻子，也小巧了。父亲像是做错了事一样，眼睛向下低垂，沉浸在他特有的谦逊和不安中。

在女儿的目光下，许德海的手在口袋里动了动。

许晶晶能明显感觉到父亲的手在口袋里攥紧，松开，又攥紧，又松开。那肯定又是一件什么罕见的物品。许晶晶虽然也好奇父亲口袋里的东西，但已经排在了其次，新的眼镜，成了她最为关心的主体。

“爸，换眼镜啦？”许晶晶惊喜地说——她是故意由惊异变成惊喜。这种惊喜，要让父亲感觉到是对他换新眼镜的肯定。

许晶晶欢喜的情绪并没有感染到父亲，相反，他更加地局促不安了，甚至他的上嘴唇罕见地包住了两颗门牙——只有强忍的紧张，才能做到这一步——在母亲去世的时候，他有过这样的表现。他觉察到了自己的紧张，定定神，微微有点僵硬地挪了半步，并没有继续走动。许晶晶下意识地要伸手扶他，他却躲开了，身体虽然摇晃，却还是很稳地立住了。手从口袋里拿出来，是握紧的一个拳头。他没有当着女儿的面松开拳头，而是把拳头又送进了口袋里，这才抬步走，走到窗户前，坐到那把椅子上了。坐下后，目光从窗户向外望去。外面是朦胧的夜空，什么也望不见。但是他的神情渐渐淡定了，从容了。

许晶晶没有去打扰父亲，她要让父亲尽快沉浸在自己的世界中。

果然，父亲望了一会儿，慢慢地从口袋里抽出手，展开。原来，他攥着的，是一块丝巾，黑色的丝巾。许晶晶如果没有看错的话，丝巾的一个角上，还有一枝梅花。许晶晶心里咯噔一下，父亲哪来的丝巾？只有女人才用的丝巾。黑色的、带一枝梅花的丝巾，挺斯文和雅致的，应该属于一位中年妇女，怎么会出现在父亲的口袋里？联想到毛线团、眼镜和已经消退了的脸上的瘀青，许晶晶恍然觉得，父亲是不是恋爱啦？这是完全有可能的。算起来，父亲的年龄并不算老，六十三岁，如果不是脑血栓后遗症，套用国际标准，父亲还是个青壮年呢。许晶晶眼前立即勾画出父亲的恋爱轨迹——脸上的瘀青，是来自竞争对手吃醋的攻击；丝巾是女方的信物；毛线团是什么意思呢？女方还有织毛衣的爱好？还是约会的暗语？这是完全有可能的，毕竟中年爱情不像年轻人那么干柴烈火，如果女方正在织毛衣，是可以相会的暗号——许晶晶想象中的画面，既神秘又温馨。至于一副怪异的眼镜，一定是女方为他量身定制的。怪不得父亲近一个月来都要穿那件虽然略旧但很整洁的风衣了，这也是一种耍酷吧，是让自己回到年轻的时代，找回年轻时的感觉。

和以往的动作一样，父亲看了看丝巾，又放回到口袋里了，端坐的姿势更是如雕塑一般的稳重了，目光也更专注了。许晶晶感觉到，稳重和专注的父亲，内心一定是波澜起伏的。

5

许晶晶请了半天假——她要像谍战片里那些秘密工作者一样，跟踪父亲，看看他究竟和谁约会。她不是要反对父亲约会。父亲情感上如果能有新的寄托，她还要大力支持。她只是要尽快了解真相，以便于采取什么方式来支持父亲而又不至于让父亲尴尬。

许晶晶也进行了化装，她换了件平时很少穿的深色连衣裙（最近她都是牛仔裤、短T恤的装扮），戴一顶去年在花果山旅游时买的棒球帽，换上一双便于走路的跑鞋——她明知道父亲走得不快，行动不便，可自己需要躲避时也要行动敏捷啊。

父亲沿着草房路向北行走。草房路是朝阳北路上岔出来的一条路，算不上主干道，两侧都是居民小区。此时是上午八时许，早高峰已过，路上车辆、行人都不多。父亲走在右侧的人行道上，看起来脚下并不稳当，略有点哆嗦，像夸夸一岁时的学步。其实父亲不会摔倒的，他早已经掌握了“后遗症式”的走路技巧了。看着父亲身穿风衣的高大的身躯，看着那高大的身躯一直处于摇摇欲坠的状态，许晶晶觉得父亲的身边确实需要一个人，一个五十五岁左右、喜欢系黑色丝巾的身体健朗的女人，她作风老派，喜欢织毛衣，会体贴人……这样，父亲的晚年生活就更幸福了。

一连走过几个小区了。时间也耗去了近一个小时。父亲虽然走得不快，近一个小时，也走了一两公里了。约会的地点会在哪里呢？在路过恒大名都小区的门口后，许晶晶想起来了，前边就是昌旺湖公园了。对呀，公园可是约会的最佳场所啊。

果然，父亲拐进了昌旺湖公园。两三年前，许晶晶和丈夫带着夸夸来过这个公园。这是个新兴公园，道路平坦，广场整洁，绿树高大，湖山设计浪漫，花卉品种也齐全，是市民休闲、娱乐的理想之处。一走进公园，行走在绿荫匝地的林子里，身心顿时舒爽了。父亲的脚步似乎也轻快了起来。

在走过一个山丘（土坡）后，是一条通往湖边的下坡，坡上铺着台阶。湖里分布着荷花、睡莲和莼菜，还有各种桥，曲桥、廊桥、拱桥。湖边绿荫中，错落着红的亭台和阁榭。许晶晶向这些地方望去，她知道，在某一座桥头的柳荫下，或在湖边的某个阁榭里，可能已经有一个中老年大妈在等着父亲了。许晶晶有一点紧张——她不知道这个未来的继母是个什么样子，长相、脾气，她都毫无概念。好在，她所在的位置居高临下，能一眼看到大半个湖面上那些曲曲拐拐的景点。如果那儿有这么一个人，虽然看不清面相，大体体貌还能看个八九不离十的。但是，许晶晶的心突然抽紧一下，因为她看到父亲在顺阶而下时，身子突然向一侧倒去，如果不是身边正好有一棵树，让他及时攀扶，有可能就摔倒了。真要在台阶上摔一跤，那可摔得不轻啊。许晶晶又联想到，也许父亲脸上的青，就是这么造成的。连带的，想到了眼镜，没准旧眼镜也是这样摔坏的。许晶晶越发地期待着，父亲身边的那个人快点出现——管她长相、脾气如何了，只要对父亲好就行！

父亲安全地走过一座拱桥，向湖心岛走去了。

湖中不仅是一个岛，如果算上半岛，有四五个大大小小的岛，岛和岛之间有曲桥或廊桥相连。在那个最大的岛上，有一片仿古建筑，以一个巨型四方亭为中心，呈线状向东西两侧延伸，廊榭连接着亭台，亭台又连接着廊榭，高低错落，别有情调。父亲走进大方亭子里就没有出来。为了近距离观察父亲，许晶晶也悄悄地跟了过去。

亭子里已经有五六个人了，都是年纪不小的老人，没有一个女性。许晶晶的第一感觉是失望，紧跟着还是失望——亭子真的太大了，像一个大厅，这样的公共场所可不是约会的私密之地啊。而那五六个老者，也不像媒人。他们每人都坐在美人靠上，盯着父亲行走的姿势看。他们目光如炬，神情专注，似乎是专门在等待父亲似的。有一个白发长须者，还跟父亲打了招呼，手上比画了几下。父亲走到他们的对面，坐下了，他是侧身而坐的，也是坐在美人靠上。坐下来的父亲，从口袋里掏出那条黑色的丝巾，叠了叠，把那枝蜡梅叠到了里面，把丝巾裹到了头上，又坐好。父亲凝固一样地静止不动了。静止不动的父亲就像一个时尚而又复古的饱经沧桑者，背景是红色的美人靠、远方湖面上的绿植、贴花的圆形廊柱和蜿蜒而去的廊榭……

许晶晶终于知道父亲是干什么来的了，他做了一名模特儿！

在亭子的另一侧，挂在亭檐下的，是十几幅别着价目表的、大小不等的油画，有静物（苹果、萝卜、山里红、一枝枇杷、筐和毛线团），有风景（荷花和湖景、岸柳和廊榭），也有三四幅人物——那便是父亲身穿老派风衣的肖像画，有正面的，有侧面的。正面的那幅，父亲在两腿间的双手里，拿着一个正十二面体魔方，重彩的画面上，父亲神态静默、严肃，脸形夸张、变异，呈不规则五边形，像是漫画，并掺杂了毕加索的风格——不，那就是父亲的本色。父亲确实就是那个样子。如果抛开亲情不说，父亲的相貌确实很入画，很有视觉感染力和冲击力，可以给人带来无限的想象，历史的，沧桑的，磨难的，传奇的，滑稽的，现代的，先锋的。可以说，父亲天生就有一张入画的脸。父亲显然也热衷于这项工作，这真是一件好事，让许晶晶感到欣慰的事。

可是，不知为什么，许晶晶在欣慰之余，有点想哭。

2019 年 7 月 28 日 23 时于西安第 29 届书展期间

2019 年 8 月 3 日修改于北京像素荷边小筑

2019 年 8 月 28 日再改于北京像素荷边小筑

波F便利店

我是在地铁六号线草房站 B 口那儿认识小鲁和小云的。

这对小情侣在雨中卖寿司。

雨不大，丝丝绵绵的，台阶上更是湿滑湿滑的，路灯也特别的暗。此时已经是夜里十一点了，地铁上的乘客本来就不多，从草房站下车的人也比往常更少了。落在后边的我，连续加了几个小时的夜班，又累又饿，疲惫不堪，打着伞，小心地踩着台阶，紧靠中间的扶手，一级一级地上。突然，头顶响起了声音："刚做的寿司啦，还有最后两份。"

我立即停步，看到那把黑色的伞了，它绑在台阶的扶手上，差点和我的伞相撞。

谁都想利用扶手。我紧挨着扶手走，是一种本能，万一脚下滑塌，摔了，可以就近抓住扶手，虽然它已经是水淋淋的了，保护我还是足够的。他们也在利用扶手，为了挡雨，他们把伞固定在扶手上。伞下是一张小方凳，凳子上是一个托盘，托盘里有两盒食品，应该就是寿司了。我看到远处灯光照耀下的两盒食品闪耀着喷香的微光，腹中的饥饿感立即被重新启动，咕咕地叫起来。伞下站着一个女孩，声音就是她发出的——可能是看我没有看路吧，实际上是对我的提醒。她的叫卖声里隐藏着焦虑，还和我一样充满着饥饿和疲惫。在她身边，是一个男青年，穿一件白色透明的塑料雨衣，缩着脖子，脸的大部分都被雨帽遮住了，小眼睛里闪着饥渴的光，也盯着我。

“来一盒。”我说。我不是同情他们，我是确实饿了。

“两盒都拿着吧大叔，优惠两块钱。”女孩嘴巴很甜，是块做生意的料子。

“好。”我也爽快。

女孩满脸挂笑地把两盒寿司装进了塑料袋。

我提着寿司，快步走到小区门口时，两个年轻人从我身后赶上来了。

“大叔也住像素？”还是女孩，她在套近乎，看来她想拉住我成为他们的老顾客。我们共同居住的小区，有个好听的名字，叫“北京像素”。

“是的。”我说，“你们也辛苦啊。”

“没办法……好吃明天再买啊大叔。明晚我们还在那儿卖。”

“好。”我敷衍着，看着他们从我身边急走过去了。

但是我没有再买他们的寿司。不是他们的寿司不好吃——其实也真没那么好吃。因为我不再加班了。我不加班，晚上七点多就回来了。我习惯自己买菜做饭，可以一边做饭，一边回顾一天的工作，再想想明天干些什么。其实我每天晚上回来，都看到他们在卖寿司。他们只卖寿司，没有别的食品。还是把伞固定在扶手上（不管下不下雨），还是一张方凳，一个白色搪瓷托盘，十几盒寿司整齐地码在托盘里。在出口处的几十级台阶上，有不少这种临时的摊点，有卖鲜花的，有卖酸辣粉的，还有卖卤肠的，在长长的台阶上绵延着。

有一天，我从出站口拾级而上时，那个男孩喊我了："大叔下班啦，寿司带一份吗？"

"好。"我没看到那个女孩，"怎么就你一个人？"

"小云摔伤了。"他说，"我明天也不来了。"

"摔啦？不轻？"

"扭了脚腕，肿了，我要在家陪陪她。大叔，加个微信好吗？要吃寿司我可以送。"

于是我们加了微信。我知道他叫小鲁。本来也没准备继续吃他们的寿司，加上忙忙碌碌琐事缠身，时间一长也就忘了这对小情侣了。

没想到在秋天快要过去的时候，我在北区 16 号楼的楼底，又看到了他们。他们在 0105 室经营一家小超市，玻璃门上贴着很有特色的店名：波 F 便利店。"波 F"是什么意思？我不明就里，也懒得去问，看到他们时，那个叫小云的女孩正从店里追出来，跟送货的骑手说着什么。然后，她看到我了，惊讶地说："大叔住这幢楼？太好了，进来看看啊？"

这间房子原是一家蛋糕店，印象中，经营不太好。什么时候被他们盘下来啦？这倒是好事，比在地铁口风里雨里卖单一品种的寿司好多了。风不打头雨不打脸不说，经济效益也肯定会翻几十番甚至几百番吧。

我进到店里，看到四面墙上都摆着货架。货架上堆满了货品。大部分是进口商品，韩国的小食品、化妆品，更多的是外国酒，林林总总，摆满了几个柜子。男主人小鲁跟我介绍了店的特色，女主人小云也会补充一两句。小鲁说话脆响，看样子很干练。小云说话有一种喜庆的、动听的乐感，眯眯着眼，一副笑笑的样子。看来，开一间门店，确实和地铁口摆地摊是不能相提并论的，人的心态和精神面貌会发生很大的变化。我正好洗发液用完了，准备买一瓶。小云跟我热情介绍一款韩国的洗漱用品，口齿清晰，表述准确。我拿一瓶洗发液看看，上面全是韩国字，我一个也不认识，好在外国商标的下面还有贴牌，品名：爱茉莉棕吕洗发液；成分：人参、地黄、发酵豆水、山茶油等。总代理商在延吉。小云说："充五百块钱可以成为会员，而且消费完不用再充钱也可享受会员待遇。这款洗发液会员价能省二十块钱。"我看看定价，也不贵，再省二十，就更觉得合算，加上也算是变相支持他们创业吧，便成为他们家的会员了。

我平时不喝酒，但因为他们家卖好多品牌的外国酒，加上瓶子造型各异，商标色彩斑斓，摆在酒柜里很好看，便尝试着买来喝了。我买过红酒、白酒、啤酒，也买过调好的桃红色或果绿色的鸡尾酒，总之，各种品牌都买一点。我喝什么酒都没有瘾，无非尝一尝，多一种体会罢了。

我成了他们家的熟客后，他们也会邀请我在便利店里坐会儿，给我倒杯苏打水、饮料什么的。一开始我觉得，我闲坐在人家店里，还蹭东西吃，会不会影响他们做生意？我说出我的担忧之后，小鲁说："不会的，您坐这儿，我们开心的，就像家有一老，好有一宝。"小云也说："大叔您放心，您坐店里，我们心里更踏实，有什么事儿，我们也会问问您。"他们还真的会跟我咨询一些事，比如怎么应对食品监督局的人啊，还有火警检查啊、工商税务等方面的事。因为我也做过不少年的生意，应付这些事早就驾轻就熟了，便会给他们提供一些经验。他们对我也就越发地信任了。更多的是，在进货和定价上，他们也会咨询我。这方面我不太懂，但也会根据消费者的心理，给他们一些建议。

时间一长，我渐渐发现了他们性格中的差异和各自的爱好。小鲁爱喝一杯，居然和我一样，什么酒都喝，威士忌、伏特加、君度力娇等经常开了瓶，有事没事会倒一小杯，啤酒也是经常拿着瓶子在手里，时不时地喝一口。有一天晚上，便利店没有什么生意，我在店里闲坐，看小鲁在短短不到一个小时的时间里，喝了四瓶啤酒，有比利时福加白啤酒，有美国迷失海岸迷雾快艇双倍 IPA 啤酒，还有两瓶德国黑啤。小云不喝烈性酒，也不喝啤酒，但会喝点 RIO 彩色酒，有一回她还给我在纸杯里倒了一点鲜艳的桃色酒，请我尝尝。我尝了，一股怪味。小云虽然喝酒没有小鲁凶，零食却吃得很猛，好像不忌口，什么都吃，巧克力、花生牛轧糖，还有各种干果、威化食品和奶油夹心饼干。只要我在他们店里，她几乎就没有停过口，一直都在吃吃吃。因为都爱吃吧，我听到他们交流最多的话题，也是吃。他们不做饭，虽然楼上有厨房，他们也不做。这个小区的房子有些奇特，是那种商住两用性质的产权，几十幢高楼全部是筒子楼，房子也全部是一户两层的格局，楼的底层，都开着门店，卖什么的都有，如果把几十幢楼的底层商铺汇总在一起，规模堪比一个大型超市。在这些只有四十几平方米的小小门店里，为了节省空间，一般人会把一层的卫生间和厨房改到楼上，和卧室紧挨着，以便空间更大化地多摆些货。我猜想，波F便利店也是这样的格局吧。

从点餐上，也能看出这对小情侣的恩爱，都是商量着点外卖，有时候小云的口味会刁一点，比如点个清蒸白鱼什么的，小鲁的口味会粗犷一些，点个火烧、乱炖或是肥肠什么的。两人也都能互相妥协，比如爆肚、尖椒熘肝之类的，小云不爱吃，小鲁就会换一个两人都能接受的菜。进什么商品更是商量着办，哪一种货品走得快，哪一种货品走得慢，哪一种利润高，哪一种利润低，等等，意见统一了，再决定。他们的线上销售应该比线下火多了，外小区的订单都有骑手送。本小区的，就是小鲁亲自跑腿了，这也是为了节省开支。节省开支了，就是增加收入了。有时候，一连个把小时，小鲁都在不停地送货，这单走了，人还没回来，下一单又来了。小鲁也知道有单子来，从他气喘吁吁的样子上能判断出，他走得很急，几乎就是跑了。小云的配货反应也很快，瞄一眼单子，在各个橱架间走一趟，货就齐了。很多时候，这对小情侣不是在送货的路上，就是在手忙脚乱地配货。我能看出来，他们很满足现在的这种状态，钱赚到了，忙一点累一点算什么呢？比起此前在地铁口的卖寿司，简直是天壤之别了。

从他们日常的有一句没一句的闲聊中，我也听出来了，他们开这个店，很不容易的，所有的费用全靠借贷，他们两人没有一分钱积蓄，也没有家人和朋友的资助。他们之前是一个公司的同事，后来热恋了，同居了。公司裁员后，他们俩便没有再找工作。做寿司是小云的主意，他们一起在网上学了寿司的制作后，便买来材料开始艰难的起航，个中辛劳，只有他们自己知道。经过一段时间的拼杀后，便冒险开店了——也是小云的主意。先是找房子。像素的房产中介公司有好几家，他们轻易就找到了。接下来就是进货。网上贷款也是方便的，支付宝贷款，花呗贷款，还有什么的贷款。他们个人信用都没问题，所以贷款也顺利，只是每个月的还款压力比较大，这也是促使他们努力工作的原因之一。

但是，随着生意的逐渐向好、还款压力逐渐减轻后，他们之间的关系出现了微妙的变化，在平时不介意的小事上，开始有了争执和分歧，甚至发生了冷战。有一次，我下班后，来他们店里买东西，看到小云的脸色不对。虽然生意还在做，明显是情绪不高啊。我多了句嘴，问："小鲁呢？"小云说："在楼上，睡觉了。"现在才刚下午七点多，睡什么觉呢？莫非身体不好？又问："生病啦？"小云说："对，不是他，是我病了。"我"哦"了一声，心想，怪不得她脸色不好。谁知，小云紧跟着来一句："心都气疼了。"我便知道了，这对小情侣闹矛盾了，便说："和气生财，家和万事兴，有什么事说开来就好了。"我的意思是，无非都是生活琐屑，一句赶一句的在气头上，过一会儿就好了。这时候，电脑旁的自动接单机又说话了："你来新单啦！"我瞟一眼，是一个大单，总计商品八百多块钱。如果在以往，接到这么大的一单货，小情侣都会一脸的开心。可今天，小云撕下单子，嘀咕道："这么多。"说罢，便冲楼上吼道："滚下来，送货！"楼上便响起声音，然后是踩踏楼梯声，小鲁下来了，看到我，说："大叔。"我比平时更响地应一声，说："是个大单子！"小鲁这才跟我一笑，很勉强。小云呢，还是没有原谅似的跟小鲁赌气。我很想知道他们为什么而互相斗气，以便能说几句化解的话，但是，小云没有想说的意思，小鲁也没有。小鲁送货走了之后，我问："小鲁挺好的呀，得罪你啦？"小云说："我不想跟他计较。大叔今天下班挺早的呀？我给您倒杯水啊。"小云还是绕过话题了。她不想说，肯定有不说的道理。何况我也不是他们的家长，不能事事都要关心的。

后来，我再在他们店里小坐的时候，发现他们不再像以前那么和谐和亲密了。比如喝啤酒。从前小鲁喝啤酒，喝多少小云都不说什么的，那次别扭之后，小云总是要说点什么。不是说："你不是刚喝一瓶啦？三十多块钱一瓶呢。"或者说："一会儿喝几瓶啦？三瓶还是四瓶？啤酒是卖的，是给你喝的呀？"小鲁有时候不说话，继续喝，有时候也说一句："我喝酒怎么啦？"意思是说，辛辛苦苦挣钱，就不能喝喝啤酒？小云就朝他翻翻白眼。他们也不再两个人商量着进什么货了，都是小云一个人说了算。小云偶尔会跟他通报一声。小鲁也不参与发表意见了。我发现，他们之间真的有裂痕了。也许这种裂痕，就像无数个家庭一样，算是一种生活的小摩擦，慢慢磨合磨合，就会修复的。但，他们之间的裂痕似乎越来越大，有一次我还听到他们激烈的争吵。当然，尽管他们对我不错，涉及两个人之间的隐私，还是不愿意和我透露。

终于，他们还是分开了。那是我去深圳出差一周之后，我又在家休息一天，去波 F 便利店里买酒和其他生活用品时，只看到小鲁一个人。这是反常的。通常情况是，小云在店里值守，小鲁负责本小区的送货。小鲁在店里守着，这还是第一次见。店里的货品明显不多，种类也少了，有的货架都空了。小鲁见是我，依旧热情地招呼我坐，又说："好久没看到大叔啦。"我出差的前一天告诉他们要去深圳的，小鲁可能忘了，我便再说一次："出差才回来。小云呢，送货啦？"小鲁说："我们分手了。"小鲁就这么平平淡淡地来一句，似乎和小云分手这件事，就像喝啤酒时把啤酒盖轻轻扔到垃圾筐一样轻松随意。我却有些惊讶了，他们是多么般配的一对啊，怎么说分手就分手了呢？他们遭遇了什么？有什么过不去的坎？小鲁不想继续说下去，我也不便多问。我买了需要的东西之后，告辞了。我算了一下时间，从去年秋天他们在地铁口摆摊卖寿司，到现在的 6 月，也就八九个月的时间，生活就发生了如此大的变化，真是世事无常啊。

我还会在小鲁的店里坐坐，也没有什么不习惯的。

小鲁很快就有新女友了，或者和小云刚一分手时就有了，我不过没有在店里遇见罢了。小鲁的新女友也住在像素小区，叫向讯，挺有个性的名字，人也漂亮，和小云是不同类型的姑娘。小云属于本分而实在型的，向讯是妖娆而风情的，瓜子脸，薄嘴唇，爱化妆，爱穿时尚而鲜艳的时装，是天生要男人宠着的那种。向讯上班，只在每天晚上或双休日才看到她在店里。在店里，也会做些力所能及的事实，比如接接单子，和骑手吩咐两句什么的。没过多久，也就是在小云离开后不到一个月吧，向讯就搬过来住了。向讯不像小云那样直爽和朴实，总是一副心事重重的样子，总是对什么事情都不满意。但她嘴上不说，只是在行动上让人感觉到。不过她对小鲁也很好，情投意合，在店里也会打情骂俏，动手动脚。从他们打情骂俏中，我听出来了，他们由认识到相爱，是因为小鲁的送货——向讯也是波 F 便利店的会员，最喜欢韩国的食品和化妆品，而他们店里最不缺的就是这些。几次送货，特别是夜间送货，小鲁就被她的风情所吸引并很快投入她的怀抱了，具体细节，他们没讲，我也没有去想象。有一次，他们就是借送货之名，在向讯的出租屋里耽误时间太久了，让小云起了疑心，直接将他们堵在了家里，抓了个现行。小云从此便心灰意冷了。我梳理出他们的这种关系后，暗暗钦佩小云了。按照一般的规律，错在小鲁，他应该退出，由小云来经营波 F 便利店。但事实恰恰反了过来。同时我也担心，小鲁和向讯的这种关系没有基础，比较脆弱，怕是难得长久。连小鲁和小云这种共患过难的爱情都经不住考验，何况他们这种由露水之情引发的情感呢？

果然，不久之后，小鲁和向讯又分手了。因为后期我只在他们店里买东西，不再在店里小坐和闲聊了（气氛不对），具体分手的原因我也没问，但大致我也能想到，向讯觉得经营店铺是小鲁的事，与她无关。另外她还爱虚荣，爱穿衣打扮，爱社交，爱面子。有一次，她来了两男一女三个朋友（或同事），在店里喝酒，加上向讯，四个人居然喝了六瓶 APOLLO 红酒、一瓶 XO，还有大量的美国啤酒。常言说，外有摇钱树，家有聚宝盆，就是说女人要珍惜男人挣来的钱。虽然时代不同了，消费观念也不一样，但这样的喝酒（一瓶 APOLLO 五百多块钱），那就不是正常的聚会了，简直就是糟蹋人了。他们的分手，我一点也没觉得可惜，相反，还有点替小鲁感到庆幸。

很可惜，这样的庆幸没过多久，波 F 便利店关门了，转让了，新开的一家店，叫“艺术文身”。

小鲁也和小云一样，在我的生活中消失了。

有一天，我在小区的便道上跑圈。我喜欢夜跑已经有一段时日了。像素小区的四周分布着适合跑步的一圈便道，便道外侧是铁艺栅栏和沿着栅栏种植的一棵棵银杏树，内侧就是一幢幢高楼了。如前所述，这些造型一样的筒子楼的底层，分布着各种店铺，店主人会在窗户上打出店名，叫什么的都有，什么“山丘酒铺”（酒吧）啊、“鲁迅手迹”（书吧）啊，“知乎者也”（咖啡店）啊，等等，在这些灯光闪烁的招牌中，我看到了“波 F”两个字。这家“波 F”和那家倒闭的“波 F”是不是有关联呢？店主是小鲁还是小云？在跑到第二圈的时候，我按捺不住好奇，特地进去看了看。我就看到小云了。她当时正在货架上理货，感到有人进来了，热情地说：“欢迎光临。看看需要什么？”当发现是我时，她惊喜地说：“大叔，是你呀，你不是住 16 号楼吗？”

“是啊，我就不能到 2 号楼吗？你这店，又开起来啦？”

“又开起来啦。”她还和以前一样热情，笑笑的，“请坐请坐，大叔喝水还是喝酒啊？我请你喝杯酒吧。”

我抿一口她倒给我的不知什么酒，是方瓶子的外国酒。我喝了，酸中带甜，还是我习惯的那个味，有点怪，很容易适应的怪。看到小云干净利落的样子，精神面貌也不错，不知为什么，我感到非常的欣慰，同时也有深深的遗憾。如果小鲁不作妖不作怪，他们现在还应该很好吧？情感上的事，没有如果，事已至此，我不应该再关心他们之间的事了，虽然我也想知道小鲁怎么样了，他不开店，会干什么去？我当然没有问。她也没有说从前的事。在我们闲聊的时候，进来一个微胖的女孩，她发现新大陆一样地说："云，笑死我了，你知道我刚才送货的10号楼那个帅哥，是谁吗？我一下子想不起来了，肯定是个演员，我看过他演的电视剧，什么剧来着？他再来单子，你送，让你去欣赏欣赏，呀，那才叫帅啊，那鼻子，那嘴唇，太性感啦！"

小云说："姐没那爱好，留给你去欣赏吧。"

"后悔不怪我啊！"微胖姑娘也是乐天派，她一个惊喜没结束，又更加惊喜地说，"猜猜16号楼的0105开什么店啦？"

"管他呢。"小云说，"介绍一下啊，这是大叔。大叔，这是我的合伙人王瑶瑶，我们是老乡兼同学。"

王瑶瑶落落大方地说："大叔您好，听小云说过您。"

"啊？我说过吗？"小云说。

我看到王瑶瑶朝小云挤眉弄眼，然后笑痴一样地嘻嘻道："你就是好忘事。转眼就不关心0105了——开一家文身店，店主不知是谁啊。"

我看到小云轻轻叹息一声，神情也有些变化。她是不是觉得小鲁不应该把店转给别人呢？这是完全有可能的，毕竟她也在开店嘛。

恰巧店里进来几个顾客，两个女孩开始忙起来。又陆续接到一些订单，不时有骑手来拿货。我不便打搅，要告辞。小云一定要让我再坐会儿，又给我添了一点酒，说一会儿有话要跟我说。我不知道她有什么话，便小口地品着酒。等店里只剩下她和王瑶瑶时，小云说："大叔，我跟你说说小鲁啊，他现在是骑手了，常来我店里拿货，也挺能吃苦的，还像朋友一样地跟我说话，本来我不想去理会他，可他昨天出了车祸——也不重，小腿骨骨裂，需要静养，我想去看看他，大叔你看我该不该去呢？"

王瑶瑶抢在我前面说："小云，跟你说啊，你要敢去看他，我就跟你决裂！他当初是怎么背叛你的？怎么伤疤还没好你就忘了疼呢？"

我也说不准了。我是个过时的人了，与他们这些"90"后，真的有太深的代沟了。王瑶瑶的话听起来有道理，但小云的心思，我似乎也有点理解。

小云去没去看小鲁我不知道。我知道的是，小鲁伤好后，还做骑手，还是满街跑地给顾客送货。我在"波 F"就见过小鲁一次。他看到我时，稍有点尴尬，没和我打招呼，还假装不认识我似的拿了货就走了。小云对待小鲁，就像对待其他骑手一样。我知道骑手都是在平台上接单的，"波 F"的单，小鲁也只是偶尔地接。但只要我到小云的店里，总会想到他。有一次，小云突然跟我说："大叔，我们这个店啊，火爆了，名气越来越大，我和瑶瑶商量了一下，想在隔壁小区再开一家分店，准备积累经验，朝连锁上发展。

大叔你给我们出出主意啊。”这倒是个宏大的布局啊。但是，我实在是没有什么经验可以提供，只能根据自己的人生阅历，胡说几句，无非是服务至上啊，诚实守信啊，老少无欺啊这些老套的话，小云和王瑶瑶却很认真地听，小云还拿笔记，我只能严肃正经地又发挥了一通。

转眼又过去了三个月，小云的连锁店已经开了第三家，主营的商品依然是进口酒，算是开出了特色，店名依旧叫“波 F”，后边会加个什么店，如“波F像素店”，“波F常营店”。我有一种预感，觉得她这个产业能做大做强，能做出自己的特色。我自然又想到和她一起创业的小鲁了。我听王瑶瑶“无意”中跟小云说过，小鲁不做骑手了，不知干什么去了。我也感到纳闷，骑手做得好好的，怎么又不干啦？

真是事有凑巧。有一天晚上，我去通州办事，在地铁八通线上的果园出口处，看到了小鲁。当时的天空正落着细雨，深秋的风也有了些寒意，我正匆匆地沿着台阶拾级而上时，听到一个男人的叫卖声：“寿司寿司寿司，新做的寿司啦！”声音好熟。我抬眼一看，就看到小鲁了，他手里端着一个托盘，白色的搪瓷托盘里，码着几盒寿司，靠在护栏上，对着过往的行人叫卖。在他身边，是一个身材不高的女孩，背着一个包，站在伞下，极其腼腆，可能还不好意思叫卖吧。在她面前，是一张小方凳，小方凳上也是一个白色搪瓷托盘，上面也是几盒寿司。

小鲁又重操旧业啦？小鲁又找到志同道合的意中人啦？真好。生活也真会开玩笑，有的人在前进的路上不断地前进，甚至是狂奔。而有的人，又回到了原点。但是，无论是狂奔者，还是从原点重新开始，都值得我去钦佩。我脚步迟疑了一下——不是想买寿司，而是想跟小鲁打个招呼。我当然没有打招呼，我怕被他认出来，头一低，匆匆离开了。

2020 年 4 月 4 日清明节晚写毕于北京像素荷边小筑
时居京隔离第十二天也
2020 年 5 月 19 日修改于连云港花果山下

芳邻

1

从 1908 室门口经过，经常会闻到好闻的饭菜香。

1908 室住着一个胖女人，三十四五岁的样子，普通话中带有湖南口音。她有一个可爱的女儿，背一个带米老鼠卡通图案的粉色书包，可能读二年级也可能读一年级。我在电梯里碰到过这对母女四五次，也听到过她们的对话。夏天时，她们俩爱穿亲子装，粉色的和抹茶绿的，两套亲子装轮着穿，可爱又迷人。由于一直都戴口罩，对于这对母女的真实面目，我还没有完全地细看过。仅从戴口罩的形象看，母亲是典型的中国式鹅蛋脸，大眼睛流光溢彩，顾盼生辉；身材呢，中等偏上吧，胖而不肥，属于健硕型，或者用时下流行的话说，微胖型。成熟女人微胖些好，给人感觉踏实、稳重。这是我以貌取人的观点。佐证我观点的，就是这个微胖女人的一手好厨艺。

什么时候有一手好厨艺都会让人刮目相看、顿生好感的。我住她的隔壁。不是“隔壁老王”那样的隔壁。每次我从她家门口经过，只要是做饭时间，都能感受到她厨艺的好，都能很有层次地感受到她的烹、炒、煎、炸，那好闻的香和鲜，都会让我的脚步情不自禁地放慢，都会深深地嗅嗅鼻子，都馋得口里生津。

饭菜的鲜香，真是一种奇妙的味道，用什么话来形容都无法准确地表达。有人会在香味前加个词，如板栗香、猪肉香、胡椒香什么的，也是不着边际，板栗香是什么香？胡椒香又是什么香？如果没吃过板栗和胡椒的人，怎么来判定和感受呢？但有这么个比喻总归聊胜于无。

这天傍晚，一出电梯就闻到的这股鲜香味，实在太好闻了，我搜肠刮肚也找不出一个形容词来形容，以至于我从她家门口经过时，真想去敲她家的门，讨一口尝尝。我在开门进家时，这样的冲动都没有消散。但冒失地去敲一个陌生女人的房门，什么理由都是不妥的。只好又狠狠地吸了一口，权当是品尝了一回。当看了看我手里提着的快餐盒，这才感叹人家的日子才是日子，人家的生活才是生活，有朝一日我要发达了，一定要高薪请一个会做饭的厨娘，如果她愿意，就她了。

我刚把盒饭放到茶几上，门就被敲响了。

“大哥。”有人喊话了，是带着笑意的女声，可能就是隔壁的厨娘。

开门一看，果然是她。

这是我第一次看到她摘下口罩的样子，真的算不上漂亮，但也不至于吓人，是大众都能接受的类型。或许是因为有一手做菜的好手艺加持吧，她身上散发出格外迷人的魅力。还没容我说话，她就开口了:“听到大哥家开门声，知道大哥回来了。大哥家有酱油吗?我家酱油用完了，上你家借点，救救急，锅里等用。”

我说了声“有”，就转身到厨灶上方的柜子里找。我的柜子里还真有酱油。我平时很少做菜，酱油很少用。这一瓶，放在柜子里有半年多了，还是春节期间吃饺子时买的，配套的还有香醋。饺子不吃了，酱油香醋便也剩下了。我不敢确定酱油会不会过期。听说是不过期的。

她在接过酱油瓶的过程中就已经看到了，惊讶道:“哟，这个呀?这是什么酱油?就这个吧。谢谢啊。”

还没等我说什么——实际上，她的话还没说完，人就没了，只有声音传了过来。她家的关门声和最后的“谢谢啊”几乎同步。看来，锅上的操作确实在进行中。

真是个有趣的女人。她来跟我借酱油——有借酱油的吗?借就借了，听话听音，对我提供的酱油还不满意，还挑三拣四。她是天天买菜做饭的人，怎么会忘了买酱油?我以小人之心地想，不会另有什么目的吧?我把那半瓶醋拿出来看了看，下一步会来借醋?不，下一步应该来还酱油了。

我在继续吃盒饭的时候，就觉得这个盒饭太难吃了，既没有看相，又味同嚼蜡，实在是难以下咽。好在隔壁的鲜香味还仿佛滞留在我的口腔一样。不，不是滞留，是确实穿透墙壁飘过来了。我知道我们居住的这个小区，房子全是钢架结构，房间之间的墙壁，只用薄薄的空心砖隔一下，不但不隔音，似乎隔味功能也极差——隔壁的菜香味，果真似有若无地萦绕在我周围了。以前并没有注意，现在却感受明显——也许是刚才放门时窜进来的，也许和我正好也在吃饭有关。好吧，就让她家好菜的香味来佐我下饭吧。这样想着，盒饭的味道果然就有了些改变，不那么难以下咽了。于是我又想，她家炒什么菜呢？需要放酱油的，应该是荤菜了，不是鱼就是肉。闻其味，不像是鱼，也不是海鲜类，那就是肉了。牛羊肉，还是猪肉？

我这顿饭吃得很慢。一来是纠结于她家在做什么菜。二来一直在期待着什么。期待什么呢？原来，是希望她再次敲门——借了酱油，总归要还的吧？还酱油时，有可能会把好菜带点来让我品尝一下吧？

让我失望的是，我的门没有再次被敲响。中午过去了。下午也过去了。夜晚就来临了。

2

夜晚来临的时候，我出去了一趟。

在下午三点到六点半这个时间段里，是我一天里第二个好时光。我会在这段时间里，全身心地投入写作中去。没错，我是个作家，专写畅销书的作家。近几年，我主要写二战人物和二战战役的书。靠这些书的版税，能维持我的基本生活后还略有盈余，而且还有不错的名声。我需要相对安静的时间来生产我的产品。我搬到这个小区已经三个多月了，从夏天到现在，经过多次的磨合，我选择了早上七点至十一点为最佳写作时间，下午三点到六点半就是第二个好时段了。今天，我在第二个好时段里写了一千多字，喝了三壶茶，吃了一块过期月饼（中秋节后打折的），就出来吃饭了。这是我的生活规律。我不能一整天待在家里。为了强迫自己多走走，多运动，我都是出去吃饭，或下小馆子，或买了拎回来，我从不坐在家里叫外卖——如果不出门走动走动，舒舒筋骨，会把自己坐死的。

我进入电梯的时候，才突然想起来，隔壁1908门口的垃圾袋里，有一个瓶子，露出半截身子的那个瓶子，好面熟啊——那不是我家的酱油瓶吗？我当时走得急，只是不经意地瞥了一眼，没有细看。长长的走道上，几乎每家的门口，都会放着待扔的垃圾。有的还把蔫了的花，连同花盆一起放在门口。就算不是垃圾，也有占用楼道的其他东西，甚至还有换下的鞋子。如果谁有兴趣在走道上走一趟，能看到几十家门口堆放的不同的风景。我一般不去注意别人家的垃圾或门口的杂物。这次也不过是无心地看一眼，就发现这么一件堵心的事了。随着电梯的下行，我的心越发地悬了起来，她怎么会把酱油给扔了？还有大半瓶啊。那是我的酱油，她不喜欢吃我的酱油可以还给我，扔了也该是我来扔，她有什么权力扔我的东西？连招呼都不打。

带着这样的心思，晚上要吃什么就有点凌乱了。本来，按照我以往的习惯，在老北京大食堂或京东晴源卤煮店随便吃点什么，包子、卤煮，都行，然后去非中心慢跑或暴走，锻炼一个半小时左右，再回家，洗洗刷刷，十点左右上床休息。现在的心情谈不上恶劣，总之是不爽。想着我的酱油也许为她家的好菜助了力，立了功，抢了风头，最终的下场却是作为垃圾处理了，感觉自己就像垃圾一样。

京东晴源卤煮店不去了。老北京大食堂也不去了。不是吃腻了，是想通了。我要找一家好吃的馆子，搞几个小菜，喝一杯。别人借酱油都要把日子过得有滋有味，我凭什么将就自己？前边那家朐海菜馆不错，必须去奢侈一次！

到了朐海菜馆，坐定以后，我在服务员送来的菜单上翻看着，紧锣密鼓、鱼目混珠、花好月圆、龙凤呈祥、叶落归根，这都什么菜？看价格，也不是贵得离谱。但仅从菜名上根本不知道是什么菜，雾里看花一样。我看一眼年轻的服务员。她也期待地看我一眼，还露出甜美的微笑。我被她看得不好意思，那眼神，那微笑，分明在说，嫌贵啦？我想问也不敢问了，怕问多了，被她笑话我没吃过东西。只好点三个看名字就能明白点的菜，鸡蓉鱼肚、芸豆煮干丝和椒盐海蜇头。爱笑的服务员重复了一遍。我又要了一瓶二锅头。

酒上来了。菜也陆续上来了。我心里暗暗计算着酒和菜要多少钱，鸡蓉鱼肚 88 元，芸豆煮干丝 48 元，椒盐海蜇头 68 元，加上酒，200 多元。我心里暗暗作痛。但是，看着眼前的菜，心里还是挺爽的，鸡蓉鱼肚色泽鲜明，夹一筷入口，软嫩，鲜滑，味道极美，虽然和隔壁女邻居的菜香味不同，但也有异曲同工之妙。海蜇我吃过。海蜇头也吃过。可这椒盐海蜇头，怎么做成这样呢？海蜇头外边像是裹着一层东西，吃起来外香酥、里脆嫩，颜色也是金黄的，还有浓郁的椒香味，经得起细品。我要能学会这道菜，也可以在女邻居面前摆摆脸的——如果有机会的话。就算没有机会，能学到一个手艺，偶尔自己慰劳一下自己，也值得啊。我一边品尝着美味，一边琢磨着椒盐海蜇头的食材和做法。可不是什么菜都能琢磨出来的，海蜇头上包裹的这层东西，我就不知道是什么。淀粉和鸡蛋拌的？不太像，鸡蛋味倒是有，这又香又鲜又酥的感觉，绝不是淀粉能做出来的。我叫来服务员，请教一下这道菜的工艺。服务员笑着摇头。我谎称自己是写文章的，可以写一篇关于椒盐海蜇头的文章，在网上发布，在朋友圈发布，为他们店做宣传。爱笑的服务员让我等下，转身走了。不多会儿又回来了，说厨师马上出来。我心里暗自高兴，同时又想，既然惊动了厨师，就真要把文章写出来了。又不多会儿，厨师出来了，是个年轻而俊气的小帅哥，他比爱笑的服务员要客气多了，再三地让我对他的菜提意见。真没有意见可提，只是想知道他这道椒盐海蜇头是怎么做的。他早有准备，把手里拿着的一张纸条递给我，说都写在这上面了。

我是带着椒盐海蜇头的制作宝典回来的。

回来已经比平时晚多了。9月底的北京像素，空气不错，澄明而清爽，我在固有的线路上慢跑的时候，心情愉悦，一边跑一边琢磨着宝典上的内容："上等海蜇头300克，鲜鱼蓉100克，葱姜汁15克，鸡蛋清4只，清鸡汤50克，干淀粉50克……花生油1000克（实耗100克）。一、将海蜇头用开水焯3分钟，捞出洗净，再换清水发制1小时，捞出，沥干水分，切成直径2厘米圆片，放入葱姜汁、绍酒、味精腌渍15分钟。鱼蓉放入盛器，入清鸡汤、绍酒、精盐搅拌上劲，再加鸡蛋清和鱼蓉搅拌，即成鱼蓉发蛋糊。

二、炒锅上火烧热，投入花生油，待油温升至六七成热时，用筷子将海蜇头逐块蘸鱼蓉发蛋糊，入油锅炸制，至外壳酥脆时即可出锅装盘。食用时撒上花椒盐。”我一边跑步一边在心里操作着这道菜。我一连操作了四五次，基本上烂熟于心了。

在路过 1908 室门口时，她家门口的菜香味比中午弱多了，基本上可以忽略不计，只有闻过的人还能感觉到，还能嗅到那袅袅的余香。我发现，那只盛垃圾的袋子已经不见了（这在我的预料之中），倒是一个黄色的簸箕和一个红柄子的笤帚忘了没有拿到屋里。不知为什么，每天晚上我从她家门口经过时，都会小心地走路，怕弄出动静来，干扰了她们休息。因为我知道她家睡觉很早，基本上在九点之前就睡了，可能是孩子要早起上学。早睡早起，是她家的好习惯。

我掏出钥匙，准备开门时，觉得她家的簸箕和笤帚放得不对（笤帚卡在簸箕上，形成一组整体），太靠外了，刚才我要不是躲一下，就要碰到它们了。如果真被一个冒失鬼或者酒鬼碰倒了，会发出很大的声响的，吵醒熟睡的小学生也有可能。

我走过去，悄悄地把笤帚和簸箕卡紧实，挪到了墙边放好。我的举措把自己吓了一跳。我是从什么时候开始关心她家的？还有今天的学做椒盐海蜇头，更是要处心积虑地想在女邻居面前露一手，是不是有着什么不健康的心理？究竟是我自己想吃的元素大一点，还是想在女邻居面前露一手的动机大一点？

3

躺在床上，我又默默地做了一次椒盐海蜇头。我甚至想把这道菜做一点改良，在材料里加入一点酱油和香醋。厨师提供的配料里，只有葱姜汁、绍酒、味精和盐，而没有酱油和香醋。腌渍海蜇头时，少量地加入一点酱油和香醋，会不会更入味一点？隔壁厨娘有可能是乐意的，她更喜欢用酱油，喜欢有酱油的味道。但有一个问题出现了，鱼蓉是怎么做的？是用什么鱼做的？我想当然地认为，肯定是活鱼，而且是要海鱼，因为海蜇也是海产品嘛。鱼肯定要大，大了才好取肉。可我也不能确定，也许鱼是淡水鱼呢。我后悔没有问仔细，没有问清楚。不着急，我可以再问问厨师嘛，大不了再去吃一次，再次感受感受。

再次用餐时，帅帅的厨师笑容可掬地告诉我，做鱼蓉的鱼确实是海鱼，鲜活的大黄鱼或石斑鱼都可以，取肉剁成鱼蓉。我照此办理了。不消说，鱼蓉做好了，海蜇头也发好了，所有配料都齐全了，我开始做椒盐海蜇头了。裹上新鲜鱼蓉的海蜇头，朝热油锅里一下，随着“吱吱”的响声，香味就喷溅出来了。那个香啊，比隔壁厨娘的煎炒味更浓，更让人口里生津，更让人有立即想尝一口的冲动。她有没有闻到我做的椒盐海蜇头的香味呢？也许闻不到吧？闻不到椒盐海蜇头的香味，那我的表演也只能算成功了一半，就像没有观众的演出，总之是兴味索然的。见我有点心灰意懒的样子，迟迟不肯散去的油炸海蜇头的鲜香味就露出了好看的笑容，还开口说话了，它要亲自过去让她闻闻，好让我们交流交流厨艺。说罢，鲜香味就像橡皮筋一样拉长了身体，从窗户的缝隙里钻了出去，绕了个弯儿，又从她家窗户里钻了进去。他们怎么交流的我不知道，我没有听到她的夸赞，却听到一连串叽里呱啦的叫喊。

叫喊声此起彼伏，一声比一声高，一声比一声惊天动地，一声比一声声嘶力竭，惊醒了我的好梦。

哈，做梦了。

但是，鬼惊鬼乍的喊叫声确实是真的。

又是隔壁。不是女厨娘那边的隔壁。是另一个隔壁，1912 室。1912 室住着一个外国男人。我之所以肯定他是外国人，是因为他经常隔三岔五在半夜里狂呼乱叫，操一口英语——我只能听出来是英语，至于是英国人，还是美国人，还是印度人，还是澳大利亚人或是南非人，从他的英语发音上，我根本听不出来。他经常在午夜之后发出声响，声音由小到大，或由缓到急。开始我怀疑他是跟远在异乡的亲人或朋友通话，缓声细语中，突然会大叫一声，或怪叫一声，真的很像是通话。午夜过后嘛，不就是西方的白天？但后来我发现不对，他像是在玩游戏，或者是邀请几个人同时在玩一款游戏，因为不是一般的怪叫，好像是在陈述和争吵，或先是陈述后是争吵，或是先争吵后再陈述，或是争吵陈述互相交错。这家伙太忘形了，根本不顾及两边的邻居。我经常会被他从梦乡中吵醒。好在这家伙不是天天这样，似乎也不是天天回来，至少我一次都没有看到过他，无论在走廊里，还是在电梯里。他是白人还是黑人，我也就无从知晓了。从他时来时不来的行踪和住在这种低档的公寓楼来判断，他有可能从事的是普通工作，或在涉外宾馆做门童、服务员，或做洗碗工。因为如果是留学生，一来学校管理严格不允许外出居住，二来不可能时回时不回。但是，就是他偶尔的大喊大叫，也严重干扰了我的睡眠。有几次，我都忍无可忍，准备去隔壁敲他的门，甚至想到了报警，来制止他的大喊大叫，又都忍住了。这又来了。这次更是过分，不仅是干扰我的睡觉，还把我的美梦给闹了。我正在做椒盐海蜇头呢，正要和女厨娘交流厨艺呢。更为神奇的是，梦里的鲜香味有了形状，从我的窗户出又从她的窗户进，我甚至能感受到鲜香味像橡皮筋一样弯曲扭动的身姿，这家伙的大吵大闹就吵醒我了。我看一眼手机上的时间，还不到凌晨一点。我知道我这一夜的觉又睡不好了。

和以往一样，这家伙时而尖啸，时而大叫，时而陈述，一定又是几个人在玩游戏了，玩得太嗨了。我不能任其自由发展，得把我的愤怒传达给他。我跳下床，猛拍墙壁，把墙壁拍得“嗡嗡”响。“嗡嗡”的响声提醒我，拍墙壁也不是个好办法，会影响楼上和楼下人家的睡觉。怎么办呢？我想起刚才梦里会说话的香味，哪有气味能说话的？而且还有伸缩、弯曲自如的身体，分明是妖怪嘛，分明是妖怪界的辘轳首嘛。既然气味都能成妖成仙，我要是能有辘轳首的本事就好了。辘轳首是日本古代神话里的妖怪，脖子能在深夜里不断地伸长，无限地伸长，从窗户、屏风、柜子或房梁后伸头窥探，能做坏事，也能做好事。如果我的脖子能伸缩自如，就伸到隔壁老外那里，叫他闭嘴。他吓得肯定会闭嘴的。要不，干脆就做飞头蛮。飞头蛮是中国古代神话故事里的妖怪，好像《山海经》里就有。飞头蛮就是头颅能脱离身体，在茫茫夜色中飞行，而且能穿透所有的障碍，去做想做的事。当然，无论是辘轳首，还是飞头蛮，这都是不可能的，都和刚才的梦境一样荒诞不经。胡思乱想中，我想起 1908 室小女生偶尔哼唱的歌曲《让我们荡起双桨》，天真的童音，很曼妙，很好听。好，就来个以声音对声音吧。我便从手机上找一首我最喜欢的歌《我家住在新浦街》，放最大的音量，靠在他那边的墙上。这真是个好办法，和他以刀对刀地对吵，倒不一定能制止他，至少循环地听我喜欢的歌曲能助我入睡，或许，梦里还会炒菜呢，还会和女厨娘交流厨艺呢。

4

早上依然按时醒了。可和以往能清醒起床不一样，我起不来了。我是几时关了手机也忘了。我只知道我关手机时，隔壁老外已经安静了——他是懂了我的意思还是本身也到了睡觉的点？

我的工作时间比往日晚了半个小时。但是，平时异常顺畅的思维，现在却滞涩了，进入不到写作的状态中了，脑子里各种的事，杂乱着，纷繁着，又说不清是哪种事。夜里的那个梦重新泛滥起来，加上我联想的辘轳首和飞头蛮，居然有点可怕起来，担心真会有辘轳首或飞头蛮来找我。我仔细听听隔壁的动静。无论是 1908，还是 1912，都很安静，都和我这 1910 一样的安静。我看一眼时间，快八点了，小女生要上学，妈妈要送她，她们早就离开家了。至于那个制造噪声的老外，有可能还在死睡中，也有可能出门了。我现在有点后悔我夜里的所为，手机里的歌唱声，会不会也影响了 1908

的母女俩？虽然我把手机紧靠在1912那边的墙上，也架不住声音的传播啊。杀敌八百，自伤一千就是说我这种行为的——我把母女俩当成自己人了。

如此纠结着，一个上午就差不多浑浑噩噩地过去了。

我中午不准备出去吃饭了。昨天晚上打包带回了大半份芸豆煮干丝，还有一个包子，可以在微波炉上热一热，将就一顿了。就在我想着午饭的时候，我听到1908响起了细微的声响。女主人回来了。女儿是不是也回来啦？又要做什么好菜呢？她女儿上的这是什么学校，怎么不在学校吃午饭？是疫情没有完全结束才回来吃午饭的吗？如果是以往，我这时候应该在路边小馆子里坐下了，或差不多吃完了。回来时正好可以闻到她的炒菜香。今天例外，我就躲在家里，可以听听她炒菜的步骤了。但是，我犯了个很低能的错误，白天，由于各种嘈杂声的混淆，从隔壁传来的声音会很低微，根本无法听清楚。倒是一会儿，菜香味又传来了。有时候，听觉是不如嗅觉灵敏的。炒菜香已经成了隔壁女邻居的标配了，从前只是馋馋而已，现在是在惦念了。她又在做什么好菜呢？煎、炒、炸？她拿手的又是什么菜？这香味和昨天中午的似有所不同。昨天中午的香是鲜香的，嫩嫩的，润滑的，滋味悠长。现在的香有种硬硬的霸道的感觉，有点冲，有点舍我其谁和不可一世。由于我已经理论上掌握了椒盐海蜇头的烹饪方法，就很想在她面前表演一下。而且，这种愿望，在隔壁次第冲击的无法阻挡的香味中，越发强烈了。

出乎意料的是，我刚吃完午饭，就听到敲门声了。我心里怦怦狂跳起来，这敲门声一定是隔壁女邻居了。开门一看，果然。

真是让我眼睛一亮，她端着一个漂亮的白瓷盘，盘子里是一小撮金黄色的……菜还是点心？我竟然一时没看出来。在她身边，是她美丽的女儿，天使一样地跟我微笑着。更让我吃惊的是，小天使怀里抱着一瓶酱油。哈，这是要还我的酱油？

“做了道菜，你肯定没吃过，也没听说过，送点给你尝尝。”她就像借酱油时一样，随意而自然的口气像个老朋友一样，“对了，昨天借你的酱油……你那瓶酱油不行，勾兑酱油，时间也久，不提鲜了，我都没敢用，扔了，我替你扔的，怕你吃坏了肚子。今天我去超市采购了，给你捎一瓶酱油，算是还你的。”

在说到酱油的时候，小女生已经把酱油举起来了。我看是千禾牌的，是电梯广告里的主打产品，宣称是 0 添加。她真时尚，连吃个酱油都赶潮流。

我一时凌乱了，不知是先拿酱油，还是先接盘子。女厨娘看我惊慌失措的样子，哈哈大笑了（有点故意的夸张），脸都笑红了，她把盘子往我下巴上一送，说：“先吃。”

我接过盘子，看她把女儿手里的酱油瓶子又接过来了，双手抱在胸前，看着我，眼睛不眨地专注。看样子，如果我不吃，她会一直看着我的。她眼睛很美，水汪汪的，睫毛长，黑眼珠多，离我不过两尺的距离。我已经闻到油炸香了，也瞥了一眼那道菜，感觉像油条。我再看时，真的是油条。一截一截的油条段子。油条有什么好吃的？截成段子，味道就不一样啦？我心里的疑问瞬间就被她发现了，她自信地说：“吃了再说。”

我只好捏一段油条送到嘴里。哈，原来油条里还有内容，有一团鲜肉馅。鲜肉馅的嫩香和油条的原味相混，特别好吃。

“好吃吧？”

“好吃。”

“材料一定要好——喏，这是你的酱油。”她这才把酱油塞到我的怀里，“慢慢品尝吧。”

她要走了。她腰里还系着围裙，还趿着拖鞋。她也没有化妆。显然，我也不能邀请她进来坐坐。我只能很俗气地连声道谢。

“顺手的事，谢啥呀，不是邻居嘛。远亲不如近邻，以后还要互相关照。我姓孙，叫我小孙好了。我女儿叫小小孙——开个玩笑，她叫美美，美美是小名。”她语速还是那么密集，一句赶不上一句似的，“你昨天晚上很晚才休息啊？听到音乐声了……别太熬夜，像我们这种年龄，经常熬夜，老得快啊。”

她真会说话。她明明是来找碴的。她明明是对我昨天晚上放音乐表示不满，却送来了好吃的小点心，还把酱油还来了，还关心我不要熬夜。关键是，她用了“我们”这个词，拉近了我和她的距离。她的这些动作和暗示，都指向我深夜所放的音乐。我立即对我夜里鲁莽的行为感到了后悔，赶忙说：“对不起啊，吵了你们了。我、我、我……我姓陈。”

“倒是没有什么吵不吵的……好啦，不打扰啦陈老师，多关照啊。”

她走了。

我送她到走道里，还想再说声谢谢。可谢谢已经说过了，别的话又不知怎么说，或还没到说的时候，只能目送她们母女进了屋。

5

她留下的盘子，我是要还给她的，这倒是给我再次见她找到了合适的借口。

昨天中午，我倒不是故意要留下她的盘子。处在那种情况下，我的智商和反应能力还无法冷静到立马就归还她盘子的水准上。等到把她送来的油条塞肉馅的点心吃完了，才发觉这是一只漂亮的盘子，白瓷细腻而有光泽，手感极佳，像绸缎，造型朴素，却不失文静和典雅，盘边上，有一幅淡淡的墨荷，荷叶下躲着一只小螃蟹。荷和蟹，谐音就是“和谐”的意思。她选这个盘子，也是有特殊用意的。邻居相处，就要和谐嘛，半夜三更吵吵个啥呢。

今天是周六。我昨天就决定今天起个大早，去超市，买制作椒盐海蜇头的食材，准备大显身手。我还怕有些东西买不到，比如鲜活的石斑鱼，比如新鲜的海蜇头。没想到超市里都有。我还特意买了一桶花生油。不过我还是偷懒了，没有买活鸡。活鸡，现杀，煺毛，再炖汤，这也太费功夫了，我办不来。那么鸡汤呢？我只能用鸡精替代了。从一早开始，我就按照帅厨师为我开的菜谱认真制作了。我只做了一点改良，就是在浸泡海蜇头时，加了一点女邻居——现在应该叫小孙了，送我的千禾牌原汁酱油。差不多到十点的时候，准备就绪，我把所有的材料都放在各种容器里，整体地一看，像一支功能齐全的完整的队伍了，只等小孙回来，就开始操作——且慢，今天是周六啊，我听到小孙早上催促女儿出门的声音，或许是参加什么兴趣班吧？没错，在电梯里似乎听到过她们俩的对话，女儿——应该叫美美了，是学舞蹈的。那么，中午一定会回来的。果然，在大约十一点五十的时候，我听到女邻居的开门声了。

开门声就是信号——立即行动。

我把花生油倒在电磁锅里加热之后，按照程序开始炸海蜇头。鱼蓉做得不错，有扯劲有黏性，能均匀地包裹住海蜇头，朝油锅一放，发出的声音很好听，一种无法言说的鲜香味就喷发了出来。我把炸好的海蜇头放在白瓷盘子里。

随着海蜇头渐渐堆积起来，香味也开始弥漫，且越来越浓。我想，隔壁的小孙、美美母女俩一定也闻到我家散出的香味了。从前一直都是我闻她家的菜香，占她家的便宜。现在也轮到她来羡慕我了——算是我的一点点回馈吧。

我端着做成成品的椒盐海蜇头，敲开了小孙家的门。果然不出我所料，小孙兴奋得脸都红了。美美不等妈妈发话，就接过了盘子，放鼻子上闻闻，说：“真香啊！叔叔这是不是糯米条啊？”

“乱说，怎么会是糯米条呢？”小孙说，“哈哈，看起来真的像稻香村的糯米条啊，当然不是糯米条啦，这个比糯米条瘦长，味道更不一样。尝尝，尝尝。这得趁热吃吧？当然当然……动手啦……别站在门空里啊，请进请进！”

我跟着小孙和美美进屋了。

小孙捏一个在嘴里，把盘子从美美手里接过来，让美美也拿一个。

我看到小孙抿着嘴，只有腮帮在动，一边咀嚼，一边品，很投入的样子。我期待她赶快做出评价。

美美的速度比她妈快多了，小嘴巴“吧唧吧唧”几下，嘴里发出“咯吱咯吱”的脆响，更加脆脆地说：“好吃！”

“不错呀老陈……陈老师，还是叫陈老师顺口些——这是你做的？不要太完美啊。”小孙说着，又拿一个，咬了一半，一边吃一边看着，“里面是什么？海蜇？外面又酥又香，里面脆脆爽爽的，我要学。陈老师别保守啊，教教我。”

“学这个很方便的。”我想起帅厨师给我开的菜谱，大不了给她抄一份。

“太好了，需要什么材料，告诉我。”

“有纸吗？我写给你吧。”

“好啊好啊，你看，光让你站着了——请坐请坐，来来来！”小孙说着，把盘子随手放到厨灶上，在前边领着我了。

我这才看一眼她家的摆设。公寓楼的房间结构不用看，千篇一略，都长一个样子，进门的一侧是卫生间，另一侧是厨灶台（那盘椒盐海蜇头就放在料理台上），穿过中间两米宽的过道，就是一张大床，床上的被褥很整洁，床边贴墙是一排橱柜，后墙带飘窗的窗户和房间等宽，窗台上有两只红红的大盖柿子，可能取“事事（柿柿）平安”之意吧。窗下是一张小小的写字桌，边上是两个粉色的小沙发。小孙把女儿的书包从沙发上拿到写字桌上，让我坐。我坐下后，夸了她家的整洁，又夸她女儿很乖（此时美美还在灶台那儿吃我送来的椒盐海蜇头）。她应付几句后，就拿来了纸笔。我在写菜谱时，她也坐在另一张沙发上。我感觉到她在观察我。不消多久，我就写好了。她接过菜谱，扫一眼，就直夸我手艺好了。

“没想到你也爱做菜，以后我们可以好好交流交流了。”她满心喜悦的样子。

我没说我只会做这一道菜，还是现学的。我夸了她做的油条塞肉好吃。还多此一举地解释说为什么要做椒盐海蜇头，是因为吃了好吃的油条塞肉，盘子总不能留下吧？还盘子时也不能空盘子吧？就做了这道菜了。

她更是哈哈地笑着说：“陈老师你真讲究啊……那以后我也要学着点，有好吃的喊陈老师过来品尝。到时别跟我客气啊。”

这就是要更进一步的交往了。以前是她送我一点油条塞肉。现在是我还她一点椒盐海蜇头，浅尝辄止，像是互相试探一样。下一步是“过来”品尝，那就是要大吃大喝了。我脑子里立即就出现了琴瑟和乐的画面，心里突然有一种异样的激动。

就在我们兴高采烈说话时，发生了一点小意外，美美不小心把盘子弄到了地上，摔碎了，发出了一声脆响，未吃完的椒盐海蜇头和碎瓷片散落了开来。

我和小孙都跑过去。

美美吓得不知所措。

我赶紧说：“好好好，岁岁（碎碎）平安，打扫一下就行了，椒盐海蜇头我还有。”

“碎碎平安，碎碎平安。”小孙也顺着我的话说，还拿出手机，对着地上的垃圾一连拍了几张，调侃道，“真会摔啊，像一朵花。”说罢，才找东西打扫。

可她找不到东西来打扫。她家是有簸箕和笤帚的呀，颜色我都记得，还经常遗忘在走道上，成了走道上的一道风景，怎么当用的时候反而不见了呢？我也四下打量，屋里并没有发现我曾见过的簸箕和笤帚。美美还到门外走道上去看了看，又到卫生间看了看，也问她妈妈簸箕和笤帚怎么不见啦。

美美奇怪的表情也代表了我的疑惑。

“你们靠边，我来处理。簸箕和笤帚可能放在走道上被捡垃圾的顺走了。”小孙一副无所谓的口气，“这种事情经常发生的。”

小孙拿一块大一点的瓷片，把地上的垃圾归拢成一堆，又小心地捡拾到垃圾袋里。我和美美也一起帮忙。本来很顺畅、自然的聊天，可能因此而要结束了。我觉得意犹未尽，表示要回家再拿来剩下的椒盐海蜇头，还有不少呢。小孙把我拦住了，她说已经尝过了，而且也学会怎么做了，不用再拿了，想吃，自己可以做。

重新坐下后，小孙说：“刚才摔盘子的声音太大了，楼下人家还不知道发生什么呢。”

“突然的一声，也许不会有大影响。”我宽慰道，“这幢楼里各种声音都会有的。”

顺着这个话题，我又检讨了那天夜里制造的噪声。我实话实说地告诉她，实在受不了隔壁1912那个外国人了，简直太不尊重邻居了。我也是忍无可忍，才出此下策的，没想到因此而殃及了另一个邻居，实在是对不起。小孙这才恍然。不过她马上就让我别太介意，说她并没受到太大的影响。但她也承认，住这种房子，实在是避免不了左邻右舍、楼上楼下的互相干扰的，互相理解、互相提醒、互相尊重就好了。她还给我讲了天花板上经常惊现的弹珠滚动声，其实那是楼房结构造成的，有的是钢梁和水泥热膨胀系数不一样，应用力发生自然的裂变发出的声响，有的是建筑隙缝里的霉菌侵蚀所发出的声响，这些声响会接力一样地传播，并不是楼上真的有人在滚弹珠。小孙不仅是在给我普及关于声音传播的常识，她细心的解释和宽容的态度，也让我感到惭愧，给了我启迪。我想，如果 1912 室再次制造那么大的噪声，我不能再以刀对刀、以枪对枪地还回去了，可以敲他的门，礼貌地提醒他。大家都是文明人，相信他会理解并给予配合的。如果相处融洽，说不定我们也能像 1908 这样，成为互助互惠的芳邻。

6

当天夜里，我就有了表现的机会。

1912 室的老外差不多还是在午夜的时候，又开始叽里呱啦地喊叫了。我没有像那天那样以刀对刀地拿手机音响去干扰他，甚至我连想都没有这样想，就决定去敲他的门了。去的时候，还没忘记找一个盘子，给他拿了点椒盐海蜇头。椒盐海蜇头趁热了好吃。冷了之后口感稍微弱了点。但对一个老外来说，能尝到特色显著的民间小点心，他应该是很满足了，同时也会感受到我的友好了。

门开处，明亮的灯光下，站着一个西方人，个子不高，就算是在我国，也只能算是小个子，而且特别的年轻，如果是以貌取人的话，我看他也就二十岁吧，典型的“小鲜肉”。他头上还卡着一副耳机，可能正在和朋友玩视频游戏。他先是一脸蒙地看着我。我动了下盘子，友好地说："送点好吃的给你品尝品尝。"

他脸上露出了可爱的笑，连声说："谢谢、谢谢、谢谢——什么好吃的？"

"椒盐海蜇头，我做的。"

"椒盐海蜇头？我吃我吃！"

他普通话说得很好。但他没有接过盘子，只是做了个要接盘子的动作，就转身跑两步，拿了一个盘子，把我盘子里的椒盐海蜇头倒到他的盘子里了。让我惊异的是，他的盘子，和小孙家摔碎的那只盘子一模一样。更让我惊异的是，他家卫生间门边，放着一组簸箕和笤帚，也和小孙家丢失不见的簸箕和笤帚一模一样。什么情况？小孙家的东西怎么会到了他家？我脑子凌乱了，同时，又似乎清晰了。当接过他还给我的盘子时，我差点忘掉了重要的话。我继续微笑着，指一下他的耳机，说："在玩游戏？"

"是啊是啊。"

"声音能不能小一点？"

"啊，对不起对不起，我一定注意，对不起对不起……"他态度非常诚恳，还一连地点头。

我回来以后，1912 室的声音果然小多了。还能感觉到有声音在响，但已经很低微了，几乎可以忽略不计了。看来，只要真诚沟通，就没有解决不了的事情。但是，和小孙家相同的盘子是怎么回事？小孙送给他的？或是买了相同的盘子？生活中会有这样的巧合？还有簸箕笤帚呢？这回轮到我蒙了，不淡定了，开始胡思乱想了。

夜渐渐深了。窗外的夜色是暗红色的。我早就注意到北京的夜色了，可能是街灯、地灯、霓虹灯、高楼的警示灯和人家窗口露出的各种灯光的映照，北京的夜色永远不可能像黑夜那么黑了。但我的心里却一片漆黑。在漆黑的夜空中，飞来了东方古代神话里的飞头蛮和辘轳首，它们在夜空中飞来绕去，它们在干什么呢？是在吓唬人，还是想发现什么？其实我并不想做飞头蛮，也不想做辘轳首，但我真的想知道左右隔壁的芳邻之间发生了什么。

7

我好久没有闻到1908室飘出来的炒菜的鲜香味了——或这样说更为准确，当我闻不到1908室飘出的炒菜的鲜香味时，我才发觉时间过去好久了。好久其实也没多久，一周？或两周，也就十天左右的时间吧。因为我的创作正处在关键节点上，太投入，太全神贯注了，居然会忽略周边的一些事情，甚至我也没有再见过1908室的小孙和美美母女俩。能干而大方的单亲母亲小孙和天真可爱的女儿美美，她们怎么就突然消失了呢？ 1912室的那个家伙还在，我还经常会听到他玩游戏的噪音。就是前一天吧，他还在玩一款多人参与的网络视频游戏，他克制而隐忍的大喊大叫如果不仔细地听，很难发觉是发生在隔壁。

没有了喷香的饭菜味，生活仿佛是另一番节奏了。

直到有一天，我看到1908室的门上贴着一张纸条，上面写着

“吉屋招租”，还有一串手机号码。字不怎么样，像是个小学生写的。我才意识到，那母女搬走了。

我心里怅怅的，空空的。

我还记得小孙说过的话，以后有好吃的会和我分享。她搬到哪里了呢？如果她做一道好吃的菜，会想到我吗？如果她哪天缺酱油了，还会跟邻居借吗？她的邻居，能像我这样对待她吗？我又学做了一道菜，菜名叫“芳邻白玉”，也是一道海鲜，白，是虾球，玉，是海蛏。这道菜不仅做工精细，摆盘也讲究，在“白”和“玉”之间，是清爽的绿色菊花叶，好看又好吃。本来我是想好好在她家露一手，和她分享的。可时过境迁，我就是想和她分享，也是无从着落了。但是，且慢，“吉屋招租”下面有一串手机号码，是谁的呢？我要不要打一下试试？

2020 年 10 月 31 日深夜初稿写毕于北京像素荷边小筑

费时四日

声音

声　音

1

我有一个房间，一直空关着。

有一天，深夜，我正在自己的房间里和失眠搏斗，是那种反复的、殊死的搏斗，感觉眼泡肿胀得有核桃那么大了，身心俱疲，受不了了。就在我被熬得精疲力竭、睡眠姗姗到来的紧要关头，耳边突然响起了声音，“趿拉趿拉”的声音，很清晰，由远而近，走到我耳朵边，停住了。我耳朵边就是我隔壁的空房间。我隔壁的空房间是这套二居室的次卧。没错，声音就在我隔壁的次卧里。而且，这不是第一次了。

我本来就有间歇性失眠症，迷迷瞪瞪刚有点感觉，突然被这声音一闹，睡意全消，精神陡增。我屏息敛气，想再仔细听听，以确认声音的来源。奇怪的是，在我想听声音的时候，声音反而消失了。我躺在床上，头顶是床头的隔板，紧挨隔板的，是一道刷着白灰的砖混结构的墙，墙那边的空房间，格局和摆设我一清二楚。虽然我好久没进那个房间了（一个月或两个月），依然记得那几样东西，一张大床，一个电视柜，电视柜上是一台老式的大彩电，一个旧衣橱，似乎还有一个空空的废纸篓，别无他物了。对了，床上还有一个笨重的旧棕垫子，旧棕垫子上扔了一个原房东的纸箱。纸箱里的东西基本上可以一目了然，一本或者两本卷了角的旧杂志，两个玩旧了的魔方，一个小手提袋，手提袋的拉链坏了，张着嘴，像常年挨饿等着谁来赏一口吃食似的。我半年前刚搬来时，随手拿起小手提袋看了看，除了一支笔、一片干了的口香糖，没有别的东西。纸箱里还有一本软面抄，我也翻了一下，是一本记着日常开支的账簿，账簿里夹着一张女人的照片。女人年轻，像个中学生，小圆脸，短头发，戴眼镜，极其普通。我当时没怎么细看。这当儿，想到旧照片上的女人时，我心里突然紧缩了一下，莫非是她在屋里作怪？那确实像一个人的行走声，而且是穿着不跟脚的拖鞋，似乎拖鞋还划拉着地板，不太利索。我害怕了，感觉那个天天关着门的房间里，真要有一个女人，长时间秘密居住着……我不敢想下去了，恐惧像旷野的寒风，一阵一阵地袭来，冷飕飕的，直透我的后背。人有时候真会吓唬自己，我顺着这个思路，想到了《聊斋》故事里的那些鬼怪狐狸精，那些壁墙鬼、吊死鬼、无头鬼、勾魂鬼……我感觉我躺着的床都歪了，扭曲了，房顶也倾斜了。我不敢再躺着了，下意识地坐起来，开亮床头灯，发呆，发了好一会儿呆。我明知道隔壁空房间里什么鬼怪都没有，我也明知道照片上那个戴眼镜的圆脸姑娘不会还原成真人，更不会从照片上走下来，她也没必要来吓唬我。但我还是想去那个房间里看看。我对那个房间里的两种现象（东西）有些兴趣——也不能说兴趣，总之是有着某些契合点的，即和我前女友的习性有点关系。比如在笔记本上记些日常开销，准备一个放零钱的小手提袋。只是我前女友用来记账的小本子不是普通的软面抄，而是很精致的笔记本——简直就是艺术品。实际上就是艺术品，是她参加一个朋友的画展时发的。小本子是咖啡色的仿皮面子，上面烫着金色的抽象图案，印着书法体的一行小楷字：芰芸斋五人现代艺术展。这行字的下边，还有参加艺术展的五位艺术家的名字。本子分为五辑，一辑代表一个艺术家，有他（她）的照片一帧和代表作一幅。记得我前女友把这个小本子拿回家时，坐在那张坏了一个大洞的沙发上感叹说："真精致，真精致，真精致。这不是瞎搞嘛，从前都是印成画册的，画册就是宣传册，每人现场发一本，可出了门就扔到垃圾箱了。弄成这个样子，谁还舍得扔？"我前女友没舍得扔，也没当成好东西，而是拿来记她的日常开销的流水了。我前女友那个装零钱的小手提袋更高级，纯手工丝绸做的，是我在盛泽的丝绸博物馆纪念品商店买的纪念品，记得当时给的是半价的折扣，也花了我一千多块钱。我前女友更不拿它当什么好东西（凡是我送的东西她都不屑一顾），用来当零钱袋子了。那个手工丝绸做的精美的小包，也像隔壁房间里曾经的女主人的小包一样，天天半张着嘴随意被扔在画案上（我前女友是画画的）。还好，还好还好，隔壁房间里发出的声音是"趿拉趿拉"的，要是零钱倒在画案上的"哗哗"声，会不会把我吓尿啦？

其实我已经被吓尿了。我是刚处半睡状态时被吵醒的，那突然而至的声音在我耳边响起时，我惊得抽搐了一下，其恐惧程度难以形容。更让我恐惧的是，我好久没有想到我前女友了，在恐惧中想到她，真是鬼使神差。

她叫楚楚，张楚楚。我真懒得提她的名字了。

2

我把客厅的灯、卫生间的灯、厨房的灯都打开了，连同我卧室的顶灯和床头灯。我能看见的房间所有角落了，包括地上的一片纸屑和几根形迹可疑的毛发。我在房间里走几步，故意弄出响声，脚步声、干咳声、拍手声，居然也凑成了一支混合交响曲，配上我临时兴起的不知是什么调子的歌（应该是瞎吼），孔武有力地走到次卧的门口，一脚踢向门板。我被弹了一下，小腿肚以上部位有些麻，而门并没有开。原来我没有扭动把手。我发出哈哈的狂笑声，像是在嘲笑自己，也像是在震慑对手。我在我制造的各种声响中扭开了把手，猛地推开了门。我预想的和我面对面站着的人（鬼）并没有出现，而客厅照进的灯光里，是我怪异的影子，一股长期无人惊扰的霉味，缓慢地萦绕着散出来。我走进屋里，开了灯，看了看我熟悉又陌生的那些静物，我想象着它们会发出什么声音来。我想象不出它们会发出什么声音来。这个笨重的电视还能看吗？但我不看电视的，我连手机上的视频都不看，所以我懒得去试试它。我拨动一下床上的纸箱，在房间里来回走了几步，又把旧衣橱的门打开，衣柜里除了一个铁丝衣架，也是空的。我没有把衣橱门关上，我让它敞着，就像它向我敞开的心扉，我会更放心些。我还去打开了窗户——可以散走霉味儿，如果有别的东西，也可以方便从窗户里逃走（我怀疑屋里有阴气和鬼气）。做完这些之后，我努力恢复了平静。在准备关灯离开之前，一眼瞄到了纸箱里的那本软面抄。我犹豫了一下，还是把陈旧的软面抄拿在手里，这才关灯，出门，再关门。

我在客厅的沙发上坐下。看一眼那间关闭的次卧。那儿安静极了。我翻开软面抄，翻开第一页。第一页上没有字。第二页上是账单。账单我以前看过一次，没有上心。这次我再细看看。在那一段时间里，账单是每天都记的，很详细，比如买水，花了 230 元，吃饭花了 45 元，从张哥处拿 1 万元，又是买菜花 65 元，在 65 元后边有个加号，加号后是雪糕 3 元，等等。账单是从 4 月 2 日开始记的，记到 4 月 15 日。4 月 15 日？不就是今天？不不不，现在是凌晨 1 时了，今天是 16 日了，4 月 15 日应该是昨天。莫非这个账单是正在进行时？生活中会有这么巧的事？我心里哆嗦了一下。我记得软面抄里夹有一张彩色照片的。照片上的人是软面抄的主人吗？照片还在（当然在了）。照片上的圆脸女孩在大方地跟我微笑，仔细看，这个女孩甜美而安静，双眼皮。我把照片丢在一边，又往后翻看着，看到后边的几页上都写了字。好奇心驱使我读了这些文字。这些歪歪扭扭并不漂亮的文字，让我感觉到这个小家庭曾经也有诸多的苟且和不如意，有一页是这样写的：

嫁一个爱赌钱又家暴的男人，
是女人一辈子的悲哀。
很多时候，有种冲动，

真的不想过了！

我朝窗户外看一眼，心里哆嗦了一下，赶快去关了窗户。再往下翻一页，整页上只有一行字：自己一个人比什么都好。继续往下翻，是“离婚协议书”。连续三页，都顶行写着“离婚协议书”一行字，字迹更加潦草，三次都有涂改，都因为涂改而没有写下去，可见写这个协议书有多纠结啊。第四次的离婚协议书终于成形了，上面有男女方的姓名。男的生于 1986 年，女的生于 1992 年。他们于 2012 年结婚，并于次年育有一个女儿，叫张雨晨。协议书里强调男方赌博，甚至“借钱赌”，“女方劝说无用，反而遭男方暴打”，有一次“把女方嘴唇都打破了”。女方“很多次忍无可忍，想抱着女儿跳楼”，“现双方协议离婚达成一致意见”。协议书后边不是大人的签名，而是“张雨晨”三个字。从字体上辨别出来，是他们的女儿张雨晨小朋友亲笔所写。年幼无知的张雨晨显然不知道妈妈所写的内容，她肯定是看妈妈在写字时，也闹着要写。她除了会写“张雨晨”三字外，还会写数字，她在自己的名字后边写上 1234567890 这一行数字，这行数字呈波浪形，大小也不均等。字和数字，可以看出是一个三四岁的小朋友写的，稚拙而可爱。

这个笔记本让我产生了更多的联想，叫我更无睡意了。是的，我一夜未眠，不仅是房间里的声音，还有我前住户三口之家不和谐的生活。而那扰人的“趿拉”声，连带着也让我想起我刚搬来不久时，在我斜对面的 1917 号房里发生的凶杀案。那天我依旧被失眠困扰了很久，第二天很迟才醒来，因为要赴中午在北京的一个宴席，我十点不到就出门了，没想到我门口被几个人堵住了（好像是邻居）。他们一脸惊讶地看着我，并为我让开一条道。我也一脸惊讶，他们这是干什么？这当儿，我才看到我斜对面的 1917 房门是大开着的（我们这幢楼，走廊朝阳的南侧是双号，北侧背阴的房间是单号），有几个人朝 17 号门里张望。我从他们身边经过时，也望一眼，我就望见一个躺在血泊中的女人了，她穿睡衣，头向着门，躺姿很难看——我只看一眼，就听到一个女人说："警察怎么还不来？"我马上就想到了凶杀案。在我匆忙走到电梯口时，正好遇到刚出电梯的三个警察。后来听说，我隔壁 1916 那家搬走了，因为那家读中学的孩子也看到死人的现场了，家长怕会影响孩子的情绪，耽误读书。当时我也害怕，想到搬家。但想搬的念头只是闪了几闪，最终怕费事，算了。后来听说，女孩是被她同居的男朋友杀死的。楼下小超市的女老板讲过。但我不太爱听这些谈论。所以女孩被男朋友杀死的具体原因我并不知道。

对门女孩的死和我前房东不和谐的家庭生活，就这样被我生拉到了一起，加上那清晰的"趿拉趿拉"声，构成了我眼前生动的画面。我预感到今夜是睡不成了。但睡不成也得睡。我回忆着我以往对付失眠的经验，闭目法，数数法，假装打呼噜法，都无济于事，隔壁次卧的响声又多次出现在我的耳朵里（我知道那不过是第一次声响留给我的心理上的回声），伴随着的画面就是 1917 客厅里那堆凌乱的浸在血泊中的头发。有几次我爬起来，到那间房里看了看，回来又躺下，又起来，又去看，反复多次。每次我看着关紧的门，觉得门里的景象错综复杂，险象环生。推门进去，一切如旧，又觉得自己纯属胡思乱想、杞人忧天。但我的心思已经完全进入了标准的失眠状态，思维信马由缰，异常活跃，眼前和内心的无数条路上都五彩缤纷，多姿多彩。最后我决定把次卧的门打开，不再关上，而且还开了灯，让次卧的灯和客厅的灯连成一片，然后到处听，期盼那声音再响起来。我失望了，什么声音都没有。当我觉得什么声音都没有的时候，似乎又有一种声音。是灯光的声音？灯光没有声音，我是知道的。是墙壁的喘息声？墙壁不是生命体，怎么会喘息？在如此反复折腾中，天就要亮了，我再次躺在床上，对着头顶的白炽灯说，我要搬家！我要搬家！我要搬家！

3

我没有搬家——第二天我就改变主意了。第三天，我来到我们小区的房屋中介公司，找到那个当初给我介绍这套房子的中介大姐。中介公司的生意比一年前冷清多了。中介大姐在接待我之前正在玩手机，她听了我的话之后，眼里飘忽着狐疑的光，问：

“只租次卧？”

“只租次卧。”

“租男租女？”

“……都行。”

“租多少钱？”

“都行……五百吧。”

“五百？”大姐略有惊讶，“五百吗？”

我没再答话，心想，五百是多啦还是少啦？

大姐在一个本子上翻着看看，合了本子，拿出手机，边往外走边打电话。一会儿又进来了，说：“有个姑娘，正巧昨天来找房子——女的可以吧？挺正经的姑娘，等会儿她就到。你说要租六百。懂我的意思啦？”

我不完全懂，但我还是点点头，心里想着，但愿这个合租者不要太难看。此前我倒是想到了合租者是个女的，没去具体想，这会儿，倒是有了一点点好奇和期待。

大姐又说：“要不你先出去转转，半小时后再来。”

我觉得她是故意叫我避开的，便照她的意思，出去了。

我没有走远，到附近的小超市买了几个西红柿、几个鸡蛋、燕郊豆腐皮，还有两瓶酸奶。时间还早，我在超市门口的长椅子上坐坐，喝了一瓶酸奶，看了看对面的海棠花。海棠花可能要开败了，地上落了不少花瓣。海棠树的那边是个小广场，广场边上还有其他树，普通的杨树，新长不久的树叶娇嫩娇嫩的。有一个邋里邋遢的胖大妈穿过小广场，向我这边走来，她脚下发出“趿拉趿拉”声，没有夜里的声音清晰。她身边跟着一只小狗，小狗一路小跑到海棠树下尿了泡尿。我本来就不太好的心情，瞬间变得恶劣起来。胖大妈在等小狗时看出了我的心情，赶快走两步，抱起小狗走了，“趿拉”声一路远去，渐渐消失。我想，合租者要是她，怎么办？

我回到中介公司时，第一眼就看到一个女孩端坐在沙发上。而她也一直看着我。

“就是这位大哥。”中介大姐说，“走吧，一起去看看房。”

女孩没说话，看我的目光落到了别处。

她对我这个二房东满意吗？

出了中介公司，向右拐，只走十来步就是我居住的B栋的电梯厅。我们走进电梯时，我发现这个准房客不算矮，有一米六五左右吧。她此时正侧对着我。她的眼角的余光会看到我在看她。我便仰看电梯顶。其实我已经看清她了。她不胖也不瘦，长发，大嘴，嘴唇略微丰满了些，穿普通的牛仔裤，短风衣，说不出时尚，也不土气。可能今天是周六不需要外出吧，她没有化妆。说实话，我担心她不会租那间次卧了，觉得那间房子配不上她了。电梯升到十九层。中介大姐带头走出了电梯，女孩也跟着出去了。我从她们俩身边快速超过，在长长的走廊里走到近中间时，打开了1918的房门。我不知道中介是怎么介绍这间房子的（她对小区的房屋结构很熟），更不知道她是怎么介绍我这个二房东的，我站在客厅里有些恍惚，听已经进到次卧的中介大姐跟女孩说："不错吧？挺好的啦，没的说啦！这位大哥哪里是租房子啊，就是在做好事啊，这么大一间，六百块钱，上哪去找？别地至少一千不租的。"

"五百……"我在客厅里大声说。可话还没落音我就后悔了。

"听听，大哥又降了一百。"中介反应也够快，她边往外走边说，还看了我一眼。那眼神分明在怪我多嘴。不过她很快就进入了角色，"付款方式是押一付三还是怎么着，你们两人谈。中介费还是老规矩，半个月的租金——你给我二百五就行了，二百五不好听，少给我五块十块无所谓。怎么样姑娘？这房确实好，这大哥也讲究，爱干净，瞧这客厅收拾的，亮亮堂堂……厨房、卫生间，还有这客厅、饭厅，大家共用，洗完澡把地板擦擦干净，卫生什么的平时都注意点。怎么样姑娘，没什么就下去办个手续吧，手续一办，随时就可以搬了。”

在中介大姐近乎喋喋不休的介绍中，她一直在房间里看那几样摆设。她看到的无非就是床、开了门的衣橱、电视柜和电视机。这几样东西无须看那么久啊，都在眼皮底下，一览无余。但她反复地看，莫非能把旧的看成新的？或者，她是寻找床上的那只纸箱吧？她不是在盯着床看吗？那只纸箱昨天已经被我扔掉了。她就是想看，也看不到了……不对呀，她怎么知道床上有纸箱？她又不是原来的主人，知道个鬼啊。她目光在这几件东西上扫来扫去，她不去看中介大姐，也不看我，更不回答行还是不行，仿佛关心的只有那几件旧家具。或许呢，这只是她内心进行激烈斗争的一个表现形式吧。对，她看东西是假，其实是在思考租还是不租。

4

下午女孩就搬来了。直到她搬来时，我才猛然想起她看什么了。她在看我前房东遗落的照片，那个圆脸姑娘的照片。我只扔了纸箱，忘了把丢在床上的照片也扔了。她看到照片会怎么想呢？算了，不管她。她一连搬了三趟。第一次她并没有敲门，而是直接开门。我正在客厅的笔记本电脑上设计东西，听到开门声，被吓一跳，随即又想到是她了。我已经知道她叫沈念念了，进户门的钥匙也给了她一把，她对我说过了谢谢，我也知道她说话的声线很细，几乎是不愿理人的细声。从她第一次搬家开始，我们就再也没有说过话。因为第一次我看到她背一个双肩包，拖一个行李箱。我望向她，本想在她也望我的时候，跟她打招呼，并过去帮帮她。但她并没有望我，还脸色严峻，目中无人，仿佛我像空气一样。我能感觉到，她不愿意我打扰她。她把东西放到自己屋里就走了。走时，把次卧的房门上了锁。次卧的房门上共有三把钥匙，我都给她了。她再次出门时，也没和我打招呼。我觉得，她是不愿意让我们之间再有交集了，既然这样，我就把笔记本从茶几上搬进了我的卧室。因为客厅、饭厅、厨房、卫生间，是大家共用的，我一个人占据着沙发和茶几，显然不妥。我在我的卧室里，又几次听到她进门、出门而弄出的声响。所以我判断她搬家一共搬了三趟。从每趟的间隙来判断，她原住地离这儿应该不远。但即便是不远，她搬到第三趟的时候，天已经黑了。

好了，无论如何，这套两居室的房子里，不再是我一个人了，即便是再有意外的声响，也是我们两人都能听到了，这样似乎把恐怖平摊了一样。

今天我要加紧把一个设计稿搞完。这是一个新的文创产品，加个班是在所难免了。好在今天心情不错，房子顺利租出去了，五百块钱，看起来要价便宜了，但这个房客很合我意，不是一个来事的主，相反，她还提防着我呢。也许呢，今天不会失眠了。心情不错，加上思路清楚，工作效率就高了，在电脑图库里找图就很快了（从前翻箱倒柜都确定不了），创意也很快确定了下来。我正在暗自得意时，客厅里突然响起响声，“哗——嚓啦哗哗哗——哗”，我起初一惊，马上确定这是客厅的推拉门被拉动了。这个拖拖拉拉的声音如果是在半夜，一定又要吓死我了，影响我的睡眠了。现在不是半夜，电脑上显示的时间刚刚八点，而且隔壁房间里还有另外一个人，我就知道弄出声音的是新来的女房客沈念念了。但是，且慢，小沈拉动推拉门干什么？我除了试着推拉过一次，发现它并不灵活外，平时从来不动它的。好奇心让我一定要看个究竟。

原来很简单，她洗澡了。她把客厅的推拉门拉上后，客厅和饭厅就隔离了。而她从她的房间到卫生间洗澡，要经过饭厅的。这样一隔绝，即便我在客厅里，也只能看到她经过饭厅时的模糊身影而无法看清她的真实面目了。同时，她关闭推拉门，发出刺耳的声响，还给我发出一个信号，即只要推拉门一响，就是她占用卫生间了，洗澡，或做别的事了，无疑在告诉我，请勿打扰。我不禁又暗暗佩服她的细心和聪明。

但是，我还是失眠了。失眠从来没有理由。这一次理由似乎十分清楚，因为我试图想睡个好觉，不到十一点我就上床了。上床之前，我也去了次卫生间。小沈早就洗完澡了，她没有把被她关闭的推拉门再打开，这样，我穿过客厅使用卫生间时，推拉门势必也要发出声音，仿佛也在向她做预告——这也是她关上推拉门的聪明之处（我以后也要效仿的）。当我洗漱完之后，躺到床上时，我开始听隔壁房间的动静，我要听听那曾经的声音会不会再响起来。隔壁房间里当然没有声音了。今天她搬家了，跑了三趟，早就累了，早就进入梦乡了，会有什么声音呢？但我不甘心，总想听到声音。越是没有声音，越不甘心，就越想听到。似乎那声音一直是存在的，没有听到不是声音没有响起，而是我没有听到。没有听到那“趿拉趿拉”声也就罢了，小沈怎么也会一点声音都没有发出呢？她不打呼噜？女孩应该不打呼噜吧，楚楚不就一直不打呼噜嘛。她难道睡死觉不翻身？翻身的声音太微弱了我也听不到啊。她难道就不放个屁打个嗝什么的？我不敢想了，觉得我再想下去就要下流了。我无法入睡。我期待声音。声音还是被我等来了，是她房间的开门声。我一看时间，凌晨五点半了。接下来，由她制造的声音连绵不绝了，我能感觉到，她去了卫生间，又去了厨房，厨房的水池里响起了流水声，锅勺碗筷的碰撞声，然后再回自己的房间，直到她打开进户门出去了。她出门的时间是六点二十，应该是上班去啦？她在北京上班吗？一般都是在北京上班的。燕郊不是号称“睡城”嘛，一百多万在北京上班的人，只在夜里才回燕郊睡一夜。在北京通往燕郊的几条路上，一辆紧挨一辆的公交车里全是人……废话，公交车里不载人还能载什么？

我失眠了一夜。

我什么时候睡着的毫无知觉。

九点时，我醒了。我单位的上班时间是在九点。我那些坐班的同事九点还要打卡。我是总设计师，除了自己设计，还要审查别人的设计样稿。所以，我虽然不用到单位坐班，但我九点必须和公司保持联络畅通。我喜欢坐在客厅里工作。客厅的空间大，思维也更开阔，便于我发挥和想象。可我老是不由得往饭厅里望——我已经把推拉门打开了。客厅和饭厅就和以前一样连在一起了。我的视线一览无余，可我什么都看不到。我知道我期望看到什么。同时我也担心我这样会惹毛了小沈。她是不希望我打开推拉门的。对于她来说，有了推拉门，就有了屏障。好吧，等晚上我会把推拉门关死的。这种期望和担心很短暂，因为忙碌而头绪繁多的工作很快就叫我遗忘了和工作不相干的事。

小沈的突然回来是我始料未及的——我还是太投入了，抑或是小沈下班提前了，还没到下班时间（公司是五点下班，我也相应在五点就休息一会儿），叫了外卖来吃过，再继续做我自己的工作。可是，毫无预兆地，小沈回来了。我完全没有思想准备，对她的突然破门而入，表现特别慌张。虽然随即就恢复常态了——这是我的地盘，我凭什么像做贼一样呢？我看进门的小沈，亭亭地穿过饭厅，白色的板鞋挺轻灵，风衣有点飘逸，虽然从进门到她的房门不过五六步或七八步的距离，却走得有模有样。和她昨天搬家时一样，她没有看我。我猜想，她在进门前一定是提醒自己了，目不斜视，目空一切。而她并没有高贵到不食人间烟火的地步。那么，她之所以要这样表现，无非是一种自我保护。其实昨天我也想到了，她不过三十岁左右的样子，而我已经过了四十，是个十足的中年油腻男，为了自身安全，她做出什么样的举止都不为过。不过难道她没有想过，长期这样脸色冷峻，神情紧绷，好像我欠了她不少钱似的，就不怕影响自己的情绪？好吧，从明天开始，我决不在客厅工作了。不，不能等到明天，现在，立即。

更让我没有想到的是，几天后的一个雨夜，已经是近十点了，我突然接到一个电话，起初并没有听清是谁，对方在电话里一连说了三遍："白老师，我是小醒啊，小醒啊，小醒啊。"我还是没听出来是谁，啊啊着。她急了："哎呀，我是住在你家的醒念念啊……醒，念，念。"原来是沈念念，她是哪里口音？把"沈"读成了"醒"。我说："啊，小沈啊，有事吗？"小沈这才平静一些，说："白老师我们才回来，都快过白庙收费站了，麻烦你个事啊，你赶快给我们送两把伞行吗？一把也行，我和我朋友都没带伞——雨好大啊。我们坐 817，你到燕灵路口 817 路公交车站等我们。"我刚要说"伞，我也没有伞啊"。一想不对，我在家，她们在公交车上，我的办法总比她们多啊，就说："好啊，我在燕灵路口 817 公交站牌下等你。"

我家确实没有伞，这是想都不用想的，因为上上周下雨时，我就是冒着小雨出门的。她倒是好，一下就让我拿两把伞，加上我自己要带上一把，就是三把了。我又不是卖伞的，亏她敢说，而且口气还那么生硬，简直就是在命令我。我立即就想到小区的小超市了，便赶快下楼了。幸亏早来，小超市仅剩的两把伞被我抢到了。

雨真大啊，风也不小，而且很冷。我的伞只能挡到上半身，我的鞋子和裤子，都被雨水打湿了。我在风雨中一阵急行，来到了燕灵路口 817 路公交站牌下。燕郊公交站点的遮雨檐又窄又不合理，完全不能遮雨，我的劣质伞在如注的暴雨中显得飘忽不定。我刚到站牌下站定，风雨中就驶来一辆公交车，昏黄的灯光下，公交车轮溅起的水花莹光闪闪。公交车渐渐驶近时，果然是 817。哈，幸亏我来得及时，否则你就要淋雨了。可是，在燕灵路口下来的五六个人当中，并没有小沈和她的朋友。那应该是下一班了。这时候我才想到一个问题，她怎么知道我手机号码的，我并没有告诉她啊？再一想，也很正常，她有中介大姐的手机号嘛，想找我还不容易？我拿出手机看，怕她有电话打来。没有。没出我所料，在紧接着的一班 817 上，下来了小沈。我把事先撑开的伞举在车门上，她和她的朋友先后起跳进了伞里。

两个姑娘打着一把伞（她二人恨不得变成麻花扭成一体），我打着一把伞，紧紧跟着她们一路急行，来到我们小区，跑进电梯口，才稍停下来喘口气。

“谢谢啊白老师！”

先向我道谢的不是小沈，而是她的朋友。这是个脸小身胖的姑娘，年纪不大，比小沈要矮半个头，腰却比小沈的要粗不少。她可能已经遭过雨了，头发湿漉漉的，语速很快，一听就是个急性子。

“白老师你就是及时雨宋江，在我们需要伞的时候就送来了伞，在我们需要吃的时候就送来了好吃的哈哈，要是这样就好了……开个玩笑开个玩笑，白老师，别介意啊。”她继续急促地说，“对了，我叫宋江，不是及时雨——这雨真叫人讨厌——我和念念是好朋友哈。”

“你好！”我看着楼层显示，觉得只说两个字，和她这么多话太不对称了，又赶紧补充道，“我都不知道雨有这么大。”

5

一进 1918，宋江（这个名字好好笑）就大叫道：“谁都别跟我抢，我要先洗澡！我要先洗澡！我要先洗澡！”

这时候，沈念念才说话，即便是遭遇了刚才的急风暴雨，即使是匆忙地刚一进门，她的口气依然平静：“不用说三遍，没人跟你抢。”

我很知趣，不仅拉上了推拉门，还一头扎进了我的房间，关上房门——我把空间和方便都留给了她们。在冷雨厉风中跑了这一圈，加上和两个不同性格的姑娘同处一屋中，我无心再工作了。我打开体育版块，看 NBA 新闻，也是有一搭无一搭的，我的注意力完全在她们俩身上了。我不时听到沈念念和宋江的说话声。宋江的声音很大，能听个一句半句的。在她的带动下，小沈的声音也渐渐大起来，还伴着说笑声，看来这两位是顶要好的朋友了。雨势似乎小了些，抑或是雨声风声被关在了门窗外，感觉不再那么张扬了。

宋江可能是洗澡的前期工作并没有做好，抑或是来到陌生环境，她进了卫生间后，一边放热水（我听到了花洒的水流声），一边不停地问这问那，要这要那，让沈念念给她拿东西，拿这样拿那样，小沈穿着拖鞋的声音多次在饭厅里响起来。我能判断出，她的拖鞋是一双塑料拖鞋。宋江最后还是抱怨了：“你给我收拾的这都是什么呀？还差搓巾呀。”又是塑料拖鞋的“嚓嚓”声。宋江的声音大了起来：“牙刷，牙刷……你就没有一根多余的好牙刷？我从不用宾馆这种一次性的，太硬了，会把牙花割出血来……算了算了，我真应该自己带套洗漱用具来。嗨，你问问……”

后边的话突然小多了。我推测宋江是让小沈问问我有没有多余的新牙刷的。我想听听小沈如何回答，却没有听到。她们的声音突然更小了。而后，就没有说话声了。在一些细细碎碎杂杂乱乱的声音之后，卫生间的流水声也产生了大大小小各种变化。宋江在享受她的热水浴了。当初租房时谈好，一切消费都是均摊，可她两人的洗澡用水和我一人的洗澡用水，怎么算？这个念头只是一闪，就觉得没出息了，人家又不是长住，可能只是因为暴雨才来躲一夜的，真是小肚鸡肠。我的自责还没完，就听到宋江发出一声“呀”的惊叫和“嘻嘻”的笑声。接着又没事了。她是在笑话我吗？这真是一个大惊小怪的人。

接下来，我继续通过声音，来判断这二人的行动。宋江洗完了。沈念念又去洗。都洗完后，关了房间。然后有人又去了一次厨房。再然后，只略略静了有几分钟，突然响起一声恐惧的惊叫（宋江）。在被一个声音制止后（沈念念），二人同时叫起来。此起彼伏的叫声就停不下来了。这是怎么啦？她们如此大呼小叫，惊慌中伴着快乐，干什么呀？不仅扰我，还扰邻啊。不行，我得制止她们。

我穿戴好，走进客厅，打开推拉门时，故意让推拉门发出夸张的声响，以提示她们，我出来了。可是真是凑巧，在推拉门发出尖厉的金属声的同时，她二人也同时发出尖厉的长啸，声音甚至盖过了推拉门发出的声音。我的努力白费了。但制止她们弄出的噪声和了解她们为什么如此尖啸的想法，叫我不得不走到次卧的门前。我想，我如果不制止你们，一会儿邻居就来敲我的大门了。可我怎么说呢？是直接敲她们的门，还是先隔门和她们说话？奇怪的是，屋里又突然静了。一两秒或三四秒之后，我听到一个颤抖的女声说：“门外好像有人……”话音没落，另一个女声就尖叫起来，短促的叫声又戛然而止——她们真的感觉到门外有人了，我必须开口了，我大声说："我，是我！声音太炸了，你们在干吗？"门里又突然爆发了笑声，畅快的大笑，接着是沈念念冷静的声音："白老师啊，有事吗？"我还没来得及作答（说明她已经做好开门的准备了），门就打开了，身穿睡衣的沈念念出现在我面前，绯红的脸上还遗留着惊恐和笑意混合的表情。在她身后，半卧在床上的宋江伸着脖子跟我说："白老师白老师……请你看恐怖电影啊，进来呀白老师，念念别把着门啊，让白老师进来嘛。"沈念念就把门完全给打开了，她就是一万个不愿意，也只能对我说"请"了，虽然是犹犹豫豫的，从她的嘴形上，我能判断出来。我不知是进还是不进，也不知道进了好还是不进好。我看到宋江抱着一个素雅的花布靠枕，使劲伸着脖子，巴不得伸到门边了："进来呀进来呀，念念你让开，你挡白老师路了！"沈念念这才退后一步。我看到沈念念也抱着一个靠枕，拘谨地跟我伸了下舌头，表情一直没有恢复自然。

在她们的床正中，有一个三角形的金属支架，据说这东西是专门固定手机的神器。现在支架上没有固定手机（两部手机扔在床上），而是固定着一个平板电脑，这款平板电脑比手机大不了多少，有两根白色的耳麦线蜿蜒在床上。宋江看我终于进来了，满脸带笑，眼睛都喜成了一条缝，表情夸张地说："妈呀白老师，你早点来呀，我们非常非常需要你呀，哈哈哈，白老师陪我们看恐怖片吧。"沈念念也说："可把我们吓死了。"听沈念念和宋江的意思，刚才我们闹出那么大的动静，不怪我们，怪你没来给我们壮胆。原来是这样啊。

小沈也爬到床上了。她的动作完全不像是被恐怖片吓住了。她双膝往床上一跪，身体以膝盖为支点，一个轻灵的旋转，再似跪似爬地移动两步（膝盖），人就和宋江一顺着面向门了，她在做这一连串动作时，能看到她空空的睡衣里的快乐的晃荡。这时候我才真正看清她的相貌，她皮肤真好，面相和眉眼都秀气，如果不是嘴略大些，可称得上漂亮，此外，她的举手投足还散发出某种神秘的动人之处。相比小沈，宋江倒像一碗清水，一眼即可望穿。宋江看我也站定了，说了声“开始了啊”，触摸一下显示器，处在暂停状态的电影又开始了。我当然不能像她们一样到床上半卧半趴着了。我只能在床边贴墙站着。我看到，宋江没有穿小沈那样两件套的蓝底碎花的棉质睡衣，而是穿得更单薄一些，一件长袖的T恤（或秋衣），一条花睡裤。T恤和花睡裤又肥又大，一看就不是她自己的衣服。两人的头发都没有干透，略有些乱，看来也就这么随它乱了。床上更乱，衣服、枕头、被子、毛毯窝成一团一团的，像个狗窝，电视柜上堆着她们换下来的衣服，一两件贴身的小衣服放在最上边。电视柜的边上，是两个黄色塑料盆，盆里是一些高高矮矮的瓶瓶罐罐，洗发水啊、润肤露润肤霜啊、黄金眼霜啊，等等，还有搓澡巾什么的。屋里的气味很特别，是女孩房间特有的香气，伴随着清爽的洗发香波味。

有我在，两个女孩的胆量也未见得大起来。电影重新开始后，她俩又还原本色，不停地尖叫，不停地大笑。这会儿我才知道她们俩一人抱个花靠枕的用途了，就是看到惊恐处，把靠枕迅速捂到脸上，遮住眼睛。靠枕捂到脸上遮住眼睛又不甘心，想看，再偷偷地露出眼来。可在我看来，也并没有恐怖到让她们尖叫和不敢看的程度。我由于没有起头看，不知道是什么剧情，加上画面并不能吸引我，反而觉得她们俩的表演更有趣，更有某种魅力。是的，我是真心觉得，电影并没有她们俩的表演好看。二人身材对比的反差比较大，沈念念的个头要高一些，苗条一些（并不瘦，甚至还算丰满）。宋江矮壮，装在肥大的衣服里，也显得飘逸而灵动。二人不时捂脸的动作，基本上是整齐划一的，配以姿势动作的速率和口中的尖叫，倒是一样的天真烂漫，楚楚动人。我也打心眼里开心快乐起来。

6

我以为我会继续失眠的。没想到很容易就睡着了，容易到不知不觉，自自然然。当我一觉醒来，天已经大亮了。这一觉睡得太好了，太香了。我躺在床上，回味着香喷喷的好觉，想着夜里发生的事，多么愉快啊，似乎香梦还在延续。夜里的事并不难回忆，我是乐于这样回忆的：先是下雨了，雨越下越大，然后我接到沈念念让我送伞接人的电话——当时虽没觉得为难，但也没觉得是好事，现在想来，那真是好梦的开始。再然后，陪沈念念和她朋友宋江看恐怖电影。看完后已经是午夜一点多了。我回来就睡了，尽管在睡之前，我还习惯回到以往的失眠情绪里，思考着如何和失眠作斗争，甚至回味着女孩房间不一样的甜腻味，以此来抗衡失眠，没想到这次失眠的魔鬼轻易就被我击垮了。我睡得如此舒坦、踏实，真是久违了。窗外的雨声不小。这雨该是下了一夜了。这么大的雨，也是好久没有遇到过了。我过滤掉雨声，开始听隔壁房间的动静。隔壁房间没有动静，如果她们不是还在熟睡中，就是已经出门了。但愿是前者，也应该是前者。如果是前者，我现在就得起床，趁着她们还在梦乡里，赶快洗漱。

说起就起，我迅速穿好衣服——我特意穿了一身干净的衣服，端着我的洗漱用具去了卫生间。这回我没有照例把推拉门弄出太大的动静。我只是想让她们多睡一会儿。但是当我洗漱完走到饭厅时，我还是听到她们房间里响起的窃窃私语声。她们醒了，也该醒了，都八点多了。好吧，既然你们已经知道我起床了，那我就要占领厨房了。

我开始做早餐。平时我的早餐很简单，煮一碗鸡蛋面。但是，今天心情好，早餐也要好些，那就来一碗炒浇面吧。所谓炒浇面，就是把放在清汤面里一锅煮的食材，单独炒成一盘色香味俱佳的小菜，即浇头菜，用清水（没有鸡汤）把面煮好后，再把那盘浇头菜浇盖在面上，一碗别有风味的炒浇面就做成了。这样的面，菜香，面滑，口感特别。说做就做。我把冰箱里的香肠拿出来，切了半根，再斜切成薄片，洗了一点蒜苗，切成段，再准备少量的虾米。材料备齐，起火操作。

我正在炒浇头菜时，厨房的门被推开了，随着宋江人进来，声音也响起：“这么香，什么好吃的？哇，不得了啊白老师，一大早就做这么腐败的好菜啊，搭伙搭伙——有没有我们吃的呀？这要馋死人的节奏啊！”我倒是忘了她们会来搭伙这个事，只好扯谎说：

“还以为你们出门了。”宋江说：“今天是周六好不好，大哥，出门干吗？又下这么大的雨，你想害我们还是怕我们蹭好吃的啊？”她的话就像被我不停地翻炒进锅似的，话停了，菜好了。我给浇头菜起了锅，装在一只白瓷大海碗里，这才说：“这是浇头面呢，还以为你们不爱吃的，喜欢吃浇头面吗？”宋江说：“谁不爱吃？谁不喜欢？念念，你要不要吃浇头面？浇，头，面，没听说过吧？真香啊，我口水都流下来啦！”我听到卫生间里传出小沈果断的声音：“要吃！大碗！”宋江哈哈大笑起来，眼睛调皮地看着我，意思很明显，你看着办吧。

她们要吃我的面，我一点也不后悔，相反，我还有点沾沾自喜。幸亏我把浇头菜多做了些，够浇两碗素面的。更让我开心快乐的是，沈念念和宋江根本毫不客气，我在给我自己重新做浇头面时，她们俩已经在餐桌上开吃起来。她们俩一边吃，一边夸面好吃。她们夸面好吃，就是夸我的手艺好。当我把我的那份做好，端上桌子时，她们俩已经秋风扫落叶般地吃完了，连一口汤都没剩。她们俩嘴唇油油的，看着我端上来的炒浇面，像还想吃的样子。我只好试探着说：“你们俩把这碗也分了吃吧？”宋江抢话说（自从她来后，都是她在说话）：“不了不了，少吃滋味多，多吃滋味少，白老师，你从哪里学的这一招？我得教训教训我家那位。会做饭的男人最帅了哈哈……谁都别跟我抢，今天我来刷锅洗碗。”

锅碗果然是宋江洗的。她连带着把水池和灶台也擦洗了一遍。沈念念要去做帮手，被她撵走了，还说她是娇滴滴的大小姐，哪能下得了厨房啊。宋江手上的活和她讲话一样干脆利落，一句撵一句的。干完了厨房那点事，她回到饭厅，围坐在桌子边，听她继续说话。她说她做饭最省事也最难吃了。说幸亏下雨，吃到了一碗好面，否则还不知道人间还有此美味。说她已经偷学了手艺，明天就在老公面前显摆显摆。我被宋江的话激励得有点小激动，也打开了话匣子，给她讲了炒浇面的几种特色，现场炒了几样浇头菜（当然是语言描述了），什么“紫乌香菇”，什么“姜丝长鱼”，什么“大爆鱼块”，什么“素炒香椿头”，连平时不大用的“大白菜爆炒小鱼干”都上了。宋江听了，不停地咽口水。沈念念也经不住诱惑了，说：“今天能尝到白老师的手艺，真是荣幸得很。”而宋江干脆自作主张地说：“不行，等会儿我家老公开车来接我，让他现场跟白老师学——白老师，中午在你家吃过了再走哈。还做你的拿手面。”宋江的话里包含两层意思，一是她结婚了，老公一会儿就要冒雨来接她。二是接了也不走，要吃面。吃面不难，我还有香肠，只是没有蒜苗了，那可是新上市的；虾米也有，但要有上等的松茸搭配才绝。再者说了，吃炒浇面，关键在于汤（今天的炒浇面实在是简陋得很），要有鸡汤，或大骨头汤，那才叫上档次。可这些话我还不能说，说了，也办不来，相当于婉拒了。好在沈念念毕竟比她大几岁（我靠眼力判断），说：“别再淘气了，赶快跟你家老公走吧，你这一夜未归，还以为你被拐了呢。”宋江哈哈笑道：“谁拐我啊，不怕我把他吃穷啦！好吧，白老师，今天就不麻烦你啦，等我下次再来吃，我带菜来，需要什么，电话我，鸡呀，肉呀，我带来，来来来，加个微信。”就在我们扫码加微信的时候，宋江老公的微信来了。原来，她已经把定位发给她老公了，车子已经停在了楼底。

沈念念说："要不要叫你老公上来？"宋江想都没想地说："不要，咱要保持点神秘感。"

宋江临进房里收拾东西时，跟我说了身"谢谢啊"。我听出来，她这声谢谢是真诚的。沈念念也说声"谢谢"。沈念念的话也是真诚的，只是口气和宋江完全是两种风格。宋江的风格是民歌型的，亲切而嘹亮。沈念念的风格是轻音乐，柔软而抒情。

我也回到我自己的房间。当然，在回我自己的房间时，没忘把推拉门又关上了。

我以为和宋江就此别过了，没想到她把推拉门拉开一个人的身位，对着我的房门大声喊："白老师。"我开门出来了，看她背着双肩包，手里拿着伞，眉梢笑嘻嘻的，有些狡黠地说："白老师，跟你说个事，也算是提个意见吧——当然当然，念念不让我说，我还是觉得要说说——那个嘛，你夜里别再打麻将了好吗？"宋江的话让我吃了一惊，大为纳闷。我打麻将？她说我夜里打麻将？我看她不像是开玩笑的。但是，我并没有打麻将啊。可能是她看出我的疑问了吧，又说："你打了一夜的麻将，哗啦哗啦的洗牌声，太响了，吵得我和念念一夜没睡好，实在困极了，才在天亮时睡了一小会儿。还有啊，经常有骰子掉到地上，那声音特脆。好啦，注意点就行，也不是个事，就是提醒一声。念念有失眠症的。再见啦白老师，我下次要带菜来的，不许烦我啊！"

宋江走了，她的声音还在我耳边萦绕——我打麻将？我打了一夜的麻将？天啦，她怎么会听到这样的声音？

7

我真的打了一夜的麻将？真是天方夜谭。宋江走后，我一遍一遍琢磨她的话。首先我肯定没打麻将，既然宋江（还有沈念念）听到了洗牌声，还有骰子掉到地上的滚动声，说明这个声音是存在的。那么，我怎么没有听到洗牌声和骰子滚动声呢？是我夜里睡得太好没有听到吗？如果这声音只有沈念念一个人听到，还有可能是幻觉，两个女孩都听到了，而且被风雨折腾后又看了近两个小时备受惊吓的鬼片，按道理应该很快就进入梦乡的，就是因为洗牌声和骰子滚动声太特别，影响了她们俩的睡眠。而且我知道了，沈念念也有失眠症。我只是间歇性失眠，而她是失眠症，二者有什么不同呢？我虽然失眠，却没有研究过失眠。

窗外的雨丝毫没有减弱的迹象，照这个阵势，一天未见得会停。

果然一天未停。北方的雨怎么能这样呢？要么一年不下，要么一下就是一两天。好在天傍晚时，雨势渐渐弱了。我早上的炒浇面很管事，过了中午也没觉得饿。所以中午那一顿就免了，晚上来个一当两。隔壁的念念不是也没吃嘛。但是，且慢，我仿佛听到有敲门声，紧接着是放门声，再关门。我猜想是念念叫外卖了。我在下午六点半（天已经黑了）去洗手间时，看到餐桌上那只快餐盒时，证实了我的猜测。她吃饱了，在等着黑夜降临，等着一天的过去。我看到她房间门紧紧关闭着。吃饱后，在屋里干什么呢？看鬼片？料想她一个人不敢看。到目前为止，我们还没有正式聊过，她的过去，她的工作，她的朋友圈（目前只知道宋江是她朋友），她的情感史，她未来的打算，等等，都一概不知。按说我也没必要知道，她不过是一个普通的房客而已，我更不过是一个二房东。那么，我也叫一份外卖吧。

我的外卖还没有到，宋江的电话到了："白老师，你这人怎么回事？挺没劲的呀，好端端的撒这个谎，有意思吗？"我听到她的声音挺凶的。你谁呀？敢用这样的口气跟我说话？我撒谎？我撒什么谎啦？我口头给她做了那么多炒浇面，变成了撒谎？宋江没等我说话，就哈哈大笑了。我这才知道，她就是这种口气，不是凶（也许听声音是凶，如果看她的说话表情就会觉得不凶了）。她笑哈哈地说："不过呢，不过呢，不过呢……我也理解你，毕竟你都这么大了……对不起啊，我不是在奚落你，我是说……其实你人挺帅的，像你这么大的大龄青年多了去了……你不会有四十吧？四十岁的男人没结婚的一抓一大把，完全没必要说自己结婚了。"我松一口气，原来她在说这个事。我又纳闷了，这个宋江才是狗逮老鼠多管闲事了，我当时租这套房子时，中介大姐问我结婚没有，我不过随口一说，结了。这事她居然去调查清楚了。如果说沈念念能知道我的手机号码是因为急于让我给她送伞，你姓宋的打听我婚否又干吗？而且，就算你从中介大姐那儿知道我结婚了，为何又向我做进一步调查？你证实我到底有没有结婚，有何用意？关键是，你是怎么调查的？我的朋友圈，她应该是一概不知的。调查这个又有什么意义？你都是已婚女人了，调查我是否结婚，肯定不是要嫁给我，想给我介绍女朋友？你真是想多了。宋江听我一直沉默着，觉得讨论这个话题也太唐突了吧，便声音缓和地说：“白老师，我就是个爱八卦的女人婆，你别介意啊，我是什么意思呢，我觉得吧，世上有那么多的剩女，就是你们男人造成的。特别是像你这种优秀男人，月薪过万，还会做饭，会做饭就是热爱生活，热爱生活的男人都疼老婆，女人都喜欢的，你要是想找女朋友，随便一扒拉，就会找到一个优秀的姑娘……喂？不好意思不好意思……好吧好吧，不谈这个了。我刚刚还在我老公面前好好地夸了你，改天你教我和老公做炒浇面啊，像你那样好吃的炒浇面……那么，那么，不说了哈哈，晚安！”

真是莫名其妙。

更没想到的是，宋江又给沈念念打电话了。我在我的房间里，能听到隔壁的沈念念在轻声地应话。她的声音我实在听不清楚（本来话就不多，加上太轻）。这一点，她就不如宋江大大咧咧的声音来得爽快了。宋江打电话给沈念念，又在这个节点上，一定涉及我了，一定是添油加醋地说我如何撒谎，如何被她揭穿。或者如何自吹自擂地说她有多聪明，不费吹灰之力就把我的老底摸清楚了。她这么迫不及待地告诉沈念念，莫非要把我和沈念念撮合到一起？哈，世上真有爱操心的人。接下来，最多下周的双休日，她真的会以吃炒浇面为由，来给我介绍女朋友也未可知啊，而那个未来的女朋友很可能就是沈念念啊。可她哪里知道我已经发过愿了，我不会再猴急猴急地找女朋友了。我为什么搬到这里，搬到燕郊，还不就是因为爱情，还不就是因为张楚楚！简单说吧，张楚楚是画家，也是我前女友。她在宋庄有一间很大的画室，画室里有个套间。我们在画室里同居三年之久，还不是照样分手？想到楚楚，我的脑海中就出现一个女艺术家，她喜欢穿汉服，也迷恋汉服，那种长袍大袖的，布料的质地都很上档次，颜色也以单色为主，她的人生理想，就是推广汉服，并发展到专卖汉服，而且是自己在汉服上画油画的那种，既体现了她的艺术追求，又实现了她的理想，还能维持生活并有可能发财。但是我们合不到一起。她努力要和我磨合（我体会得到），我也努力想跟她磨合（她应该也体会得到），终究是失败了。我们三观不同（她是浪漫型的，我是实干家），我们吵架，掐架，也动手打过（当然是她揍我了，揍过了又哭）。分手了不是很好？如果不是冒冒失失出现个宋江（真像是水泊梁山下来的），我不会想起楚楚的，我确实已经好久没有想到楚楚了。

我也要佩服宋江，她能让我想起我基本上遗忘了的前女友。

昨天晚上的好觉没有延续，我又失眠了。我试图听听宋江所说的洗麻将的声音，可我听不到这样的声音。我在和失眠搏斗到凌晨两三点时，在我的眼睛闭得酸疼时，在困意好不容易来临、正要入睡时，那个声音又响起来了，“趿拉趿拉”，“趿拉趿拉”，“趿拉趿拉”，声音由远而近，当我要确定声音的来源时，突然停住了，“趿拉”声没有由近而远，而是清晰地在我耳边停住了。确实就在我床头，确实就在隔壁。我坐起来，耳朵贴在墙上，听，可又没有任何声音了。

8

我期待中的事情没有发生——宋江没来。我在周五下午专门上街采购了不少时令蔬菜算是白费了。我指望她带一只鸡或一堆大骨头来煮汤的事也不可能发生了，因为现在是周日的下午了，准确地说，是下午四时半了。

我持续被失眠所折磨（老实说，也习惯了），那个突然响起的“趿拉”声或“嚓啦”声几乎每天晚上都会光顾。而我已经确定，那声音不是从我隔壁房间发出的，也就是说不是沈念念弄出的（声音在她住进来之前已经出现过多次，但我仍然怀疑和她有关）。我曾经在某个深夜，悄悄观察并倾听到天明，她的房间里什么声音都没有。当然，我也没有听到宋江所说的洗麻将牌和骰子滚落到地上的声音。也就是说，我现在习惯那“趿拉趿拉”声了。那么，沈念念习惯洗牌声和骰子滚落到地上的声音了吗？我无法问她。因为没有再次下雨而我给她送伞这样特别的事情发生，我们就无法照面了。就算偶尔碰一次（我刚走进客厅而她也刚好出门），她的骄矜与冷酷之色，也让我对她敬而远之。是的，我们又回到从前的陌生状态中了。

我说过了，今天是周日。现在是下午四点半。我躲在我的房间里，我一直在工作。沈念念躲在她的房间里，她在干什么我不知道（玩手机还是吃零食呢？）。我的门外边是我的客厅。她的门外边是她的饭厅。客厅和饭厅都处在闲置状态。也就是说，我们实际占据（利用）的仅仅是各自的房间，而有另外两个空间白白在浪费我们的租金。我还知道，再过半小时或一小时，就有外卖来叫门了。昨天送外卖的就是这个点来的。而我，准备在她吃完饭之后，大约六点半，也到厨房去搞点吃的。炒浇面我是不想做了，主要怕费事。一碗鸡蛋清汤面，是我的老节目，百吃不腻。

不出我所料，敲门声响起来了。我听到她和送外卖小哥小声的交流声。

出我所料的是，我六点半出门准备晚餐时，看到饭厅的灯是亮着的。透过推拉门的玻璃我看到一个人影坐在餐桌前。那一定是沈念念了，她在玩手机吗？她也听到或感觉到我从房间出来了。当我推开推拉门来到饭厅时，她把腿并了并，身体端正了下（之前也并非不雅），把手机放下，转头和我笑笑——这是打招呼的意思了，也是一种友好和善意的表示。我突然意识到，她在等我。是啊，因为我把注意力始终都集中在设计上，一时忘了倾听她进房间和饭厅的声音了。既然这样，我要是不回应就不礼貌了。我微笑着跟她点了下头，道了声“晚上好”。我的微笑和问好也感染了她，她温和地说：“晚上好——忙完啦——知道你一直在忙的……是这样子——呃，你还记得宋江吧，上周来过的那个女人？”我当然记得。叫她这么一问，我似乎觉得宋江出事了，急切地等着她告诉我。她继续说：“她不听我劝……还是离婚了，前天就办了手续。”她的话轻描淡写，我听了却感到非常突然，也太突然了吧，一周前不是还没有一点迹象吗？“啊，这么快？”我说。她说：“是啊，是男的不好。男的有两部手机，宋江无意中发现他和一个女的聊天记录，海量的聊天记录，还有不堪入目的视频。小宋不依不饶。男的也不解释，直接提出离婚。”我听了倒是无话可说，连感叹两声都没有。因为我见过太多的离婚，同事啊，朋友啊，我不也是半年前和女友分手了吗？感情的事谁也说不好。顿了一会儿，沈念念又说：“白老师，我有个事情想和你协商。”她眼睛看着我，希望我同意。可是她还没有说是什么事，我如何同意？她款款道：“我租你这房子是押一付三，是这样的——也是突发情况……我不想租了，想退了……我会给你补偿的，住了不到半个月，算一个月，另外，一个月的押金也不要了。”原来这样。原来，她在客厅等我，就是因为这个事。她提出的条件也符合常情，我也不能为难人家，就准备答应了。但我脑子里迅速掠过一个惊人且带有爆炸性的想法，莫非宋江的离婚和她退房有联系？脱口而出道：“是因为宋江？”“没有，她正在家卖房子呢。她家的房子是男方首付的款，卖了之后，除了还贷，还能有个一百来万，两人平分，宋能分个六七十万吧，男的从此不再付孩子的生活费了。”她显然没听懂我的意思。我的意思是，她是宋江丈夫手机里那不堪入目的视频的女主角吗？她突然也看我，似乎懂我眼神里的意思了，提高了声音说：“哈，白老师你想什么呀？我和宋江是好朋友……怎么会做出那种事呢？我是有……有了男朋友的……”我并未觉得我的话有多么尴尬，但还是道歉般地笑了笑，说：“噢，啊……提前退租是吧？可以啊，好说呢。我再退你两个月的房租钱，是这个意思吗？”她受宠若惊地说：“是的是的是的……谢谢白老师哈。”她突然有了一点俏皮地冲我一笑，掠一下长发，夸我道：“白老师你是好人……”她突然打住，觉得再说下去就是多余的了，也是没必要的。我本想说要帮她搬家的。她冰雪聪明地说："明天我就搬了，东西很少，都准备好了。"明天是周一，我们公司的例会都是在周一上午召开的，我必须到公司去。我说："好啊，明天我一早就上班了，你搬后把钥匙放到中介那儿吧。"

9

公司大老板是个开放型的人物，例会很简单，就是我们几个部门主管分别说说上一周工作的完成情况和本周的工作计划。所以例会的开始时间是在早上十点半，中午十二点准时结束。如此一来，我早上出门的时间就很宽松了。没想到宽松过了头，本来八点半出门肯定能赶上的，结果我睡到了九点。九点，我看到推拉门上贴了一张纸条，还有一张照片——就是那张疑似前房东的照片，那个微笑着的、圆脸双眼皮的姑娘。这个我忘记扔了的照片，沈念念捡到后没有还我，也没有扔掉。如果她觉得和我有关，应该还我。如果她觉得无关，应该扔掉，结果，她自己留下了。她把照片贴在这里是什么意思？那张纸条上有两行字，第一行是："白老师，我搬走了，谢谢您！"第二行是："另外，你打呼噜声很恐怖，最好去查一下。"这张告别"赠言"的第二行挺有趣味的，她说我打呼噜，而且还很恐怖？从前没听楚楚说过啊。更有趣的是，沈念念最后画了一个笑脸。这个笑脸也是有内涵的，其中就包含着她的善意。我把照片取下来，看了看。没有什么好看的。我又翻过来，看到有新写的一行字，看字迹就知道是沈念念写的："你女朋友吧？挺有气质的。祝你们好运！”呵呵，我说沈念念怎么没把照片扔掉，她把照片女孩当成我前女友了。我来不及细琢磨，推开次卧的门，看到屋里收拾得还算整洁，有不少属于她的东西她也没有带走，比如本来床上的棕垫子上光秃秃的，这会儿留了一张床单，床头那个她用来当床头柜使用的纸箱也没有带走，甚至还有那个看恐怖片用的手机三脚架。看来并不是忘了，是故意留下的。因为三脚架就放在床上。别的东西倒是没有留下。我只在她房间里扫了一眼，就匆忙出门了，路过饭厅时，看到有一把进户门上的钥匙。我没理那把钥匙。

我没有坐公交车（肯定来不及了）。我叫了一辆滴滴，快速行驶在了通燕高速上。坐在滴滴车里，这才想着我为什么起晚了，是昨天睡得好吗？其实一点不好，过了午夜，直到一两点还没有睡，我便躺在床上翻看朋友圈。我好久不玩朋友圈了，觉得谁发明朋友圈简直是在谋财害命，耽误了多少时间牵扯了多少精力啊，觉悟早的人都像逃离魔掌一样不玩了。我觉悟不够早，也不算迟。但我现在看朋友圈，主要是看楚楚。这是我半年来首次看楚楚发的那些微信。楚楚除了画油画，她的主业是开网店。当然，如前所述，她的网店和一般人的网店是不一样的，是卖带有艺术感的产品，主要是卖汉服，冬天，她还在全素的围巾上画上小品油画，一枝蜡梅，一朵荷花，围巾的档次迅速高出数倍。汉服上当然也是她的手绘油画了，所画都只是点缀而已，却是恰到好处。她的网店叫“苑渡生活”，她把那些考究的汉服和围巾拍成一幅幅精美的照片，发在朋友圈里。她的朋友圈拥有大量的粉丝。我把她的微信一直翻到去年

10 月，也就是我们分手的前一天。她最近的一个微信是一段视频，是她自己的视频，昨天发的，视频里，她穿一身夏天可以穿的汉服，应该是经过改良的，很好看，自然地向我们走来，所配的文字是：一袭白纱难掩春，冰肌玉骨绝纤尘。我知道这诗不是说她的，是说她身上这身衣服的。可能我就是在翻看她的微信时不知不觉睡着了的。

我很准点地赶到了公司，很顺利地开完了会。

我走出公司大楼，没有到大望路去乘 817 或 819 路公交车，而是上了地铁转六号线到了草房下车，又转 616 到了宋庄。周一的下午，宋庄画家村的街道上很安静，到处弥漫着各种化学颜料的气味，有一两个形迹可疑的人在街道上匆匆行走，转眼就不知道消失在哪里了。也有一两条流浪狗在东张西望，它们毛发很长身上很脏，像是一条艺术的狗。我从大街拐上一条小街，曲过一条巷子。小街的两边和巷子的两边，都是各种画廊，这里有来自全国各地的不入流的国画家、油画家、版画家、水粉画家、书法家、篆刻家，还有剪纸、泥塑等各色人等。他们都很穷，却装得很富。我轻车熟路地来到“苑渡生活”的招牌下。我看关着的玻璃门上，贴着一张纸条，上面是画笔写的一行艺术体的字：“内有房间招租”。我知道张楚楚这间画室的内部格局，除了一间大厅，还有两个房间，有一间的后门，连接后边的一条小巷。可能她要出租的，就是有后门的小间了。那个小间虽说小，也有二十平方米左右。看来，张楚楚也撑不下去了，要靠当二房东来补贴生活了。我没有进门，看了看门上贴的春联。这春联我认识，是我设计的。没错，春联的内容是：

福聚平安地；财满幸福家。画家村的书法家多如牛毛，她没有请人写春联（她自己也能写），而是在网上买了我设计的春联。春联只是这套文创产品的主体部分，还有一副“福”字、两副扑克牌、数十个红包、两个“上上签”等春节用品，网上卖得好贵，三百八十块钱，其实只是卖个概念而已。我看看这副春联，从门前经过，又向前走了百十米，进入一家便利店。我在便利店买了半条牛尾巴，剁成块，装在塑料袋里拎走了。

“苑渡生活”的门上锁了。我把门左侧的一块活动的砖块取出来，看到里面的一把钥匙。她还保持这个好习惯。我会心地一笑，取出钥匙开了门，进去了。

我在大厅（画室）里站了站，看到沿墙的十来个衣架上挂着人工手绘的汉服，一件比一件漂亮，有一件灰色的女式服装上，画了几笔黄色的迎春花，艳丽夺目。我欣赏一会儿，正准备去厨房煲牛尾巴汤时，听到卧室里有声音传出来，很奇怪的声音，“吱吱吱”“嚓嚓嚓”“吱吱嚓嚓”“嚓啦嚓啦”，喘不像喘，叫不像叫，或停，或顿，或连绵不断。我突然紧张了，觉得我来得不是时候，想夺门而去，又不甘心，便向卧室靠近。我把耳朵贴到门上，声音反而消失了。但刚刚我还明明听到的啊。不对，声音的突然消失反而更为可疑，莫非屋里有小偷？虽然我和楚楚已经分手，有小偷来偷盗，我还是要主持正义的。我没有多想，用肩膀猛地顶开了门。门并没有上锁，在我的用力下突然大开，我被闪了下，差点摔倒。

卧室里还保持我离开时的摆设，什么都没有变。床上的一条棕色小泰迪冲我摇动它短短肥肥的小尾巴，嘴里发出“嚓啦嚓啦”

的叫声。它还认识我。它看到我太开心了，不知如何是好了，撒娇了好一会儿，才从床上冲下来，向我身上蹿，表现得和以前一样的亲。我知道小泰迪从小受了伤害，把嗓子伤了，发出的并不是正常的狗叫声，而是乱七八糟的声音，一会儿像猫叫，一会儿像猪叫，更多的时候像人的走路声，特别是激动时，更是发出“嚓啦嚓啦”的嘶吼，特别怪异。

我把它抱了起来，亲了亲，它再次发出火车汽笛般的鸣叫。

10

我煲好了牛尾巴汤，又从冰箱里拿出鲜虾仁、香肠，还有一根黄瓜、一个西蓝花等几样蔬菜，等楚楚回来时，我再下厨，做几样好吃的，也是她爱吃的小菜，同时也咨询她，她准备出租的那间带后门的小间，能租给我吗？

我在客厅兼画室里翻看她画案上的几本书（其实在半年前，是我的书），再一次欣赏她挂在衣架上的经过她加工、改良过的十来件女子汉服，觉得她画在汉服上的小品画很精致，很有品位。

时间很快就到六点了，楚楚还没有回来。我知道楚楚有自己的事业，很忙，她不仅要卖她的手绘汉服，还在 798 和人合伙经营一间画廊，有时她也会在那里参加一些朋友或艺术家的聚会。虽然画廊经营很艰难，她和她的朋友们相信，总有一天会好起来。我也相信总有一天会好起来的。但我不知道这一天何时会到来。

楚楚迟迟没有回来，我也没有做饭的动力了。要是我一个人，一碗炒浇面就打发了。但有了楚楚就不一样了，得好好吃一顿了，何况，我还想她把那间空房租给我呢，适当表现一下也是应该的。在漫长的等待中，我开始在房间里走走，看看，每个房间都看了一遍。各个房间都没有变化，基本上保持我离开时的原样。最后，我在她准备出租的那个小房间里待了会儿。房间里有一张床，那是一张我睡过的床。最早的时候，这间画室是我的。是我一个人租用的，后来，我患了间歇性失眠症，经常被无端的什么声音所惊醒，甚至有了忧郁症的前兆。为了缓解压力（经济的和精神的），我把它租给了楚楚。再后来，我和楚楚的事你们都知道了。我也不想多说了。

我在我熟悉的床上坐了坐，感觉有些疲惫，竟然躺下了。

我被声音吵醒了。什么声音？我觉得我睡得很香，很沉，被吵醒了还没有完全醒来，还似在梦中。吵醒我的声音很特别，“嚓啦嚓啦”的，像走动的脚步声。我不想有人打扰我的好梦，我好久没有睡得这么沉了，我翻了个身，想继续睡。声音又响起来了：“看看，犯错了吧？叫你别闹别闹别闹你还闹，你闯祸了，你呀你闯大祸了！”这是谁呀，声音那么熟悉。我睡意消了，再翻转身时，看到一张熟悉的面孔，啊，那是楚楚的微笑。我这才意识到我在楚楚家睡着了。我睡下时，身上只盖一条毛巾被，现在却是一条薄被子了。我慌忙坐起来，说：“对不起……哎呀，打了个盹。”楚楚乐了，她怀里抱着那条棕色的小泰迪，说：“什么对不起啊……不怪我呀，你睡着了，发出各种鼾声，简直是五花八门，这小家伙知道你在屋里睡觉，一放出来，就往你门上扒，被我训了好多次也没用，后来我不管它了，不知怎么它就进来了，真是神了。不过你也该起床了，你睡多久了啊？现在都快十二点了。”我立即歉疚地起来，觉得没有做好饭等着她，不但没有巴结上她，还在人家的床上睡着了，还发出花式的鼾声。我说：“你多会儿回来的呀，真对不起……你看，我来炒菜啊……”我还没说完，她怀里的小泰迪终于挣脱了她，蹿到我身上来了。她说：“看你睡得香，也没敢叫你。饭我做好了，你起来吃就是了。”楚楚坐在床沿上，她在跟我笑。楚楚的笑很甜美。我都不知道该不该提出租她这间房子的事了。楚楚却说：“你睡这么久，等会儿怕不好睡了。”我说：“不睡了，陪你说话，谈谈艺术。”楚楚鬼魅地一笑，用胳膊顶我一下，说：“去啊，别折腾我啊，我可累了一天了啊……嘻嘻，先吃饭啦……瞧小泰迪对你亲的！”

事实上，并没有如楚楚担心的那样，我夜里的觉不好睡，而是在和她疯狂地“折腾”一番后，睡得特别香（楚楚第二天告诉我的），连平常翻江倒海般的梦呓都消失了。

2018 年盛夏于燕郊潮白河畔

栅栏小院

栅栏小院

1

林中的这个小院，是我无意中发现的。院子四周，是黑色的铁艺栅栏，栅栏上爬着几缕金银花和牵牛花的藤蔓。有四间坐北朝南的灰砖平房——不太严格地说，也可称楼房，因为平房的东侧有一间实际上是两层，另外的三间才是平顶。我猜，在东侧那间里，应该有一个楼梯可以通到二楼。二楼面向平台的方向，是一扇绿色的小门。

其实我就是先发现平台上的女孩，才关注这个小院的。

女孩正在晾衣服。平台上扯起的绳索上，已经晾晒了被罩、床单、台布、沙发套等大件了。她又在衣架上挂上了三件风衣，一件米汤色的，一件紫红色的，一件抹茶绿的，还有几件牛仔裤、花色多样的毛衫、睡衣等衣服。她的动作很麻利，弯腰，行走，理衣服，都别有风姿。她从那扇小门里出出进进了好几趟。她穿一件黑色的裙子，紫罗兰色的薄毛衣，白色的旅游鞋。这是五一小长假的第二天，林子里的气温还不是很高，甚至我刚进林子时还有点凉意，而她已经穿上裙子了，可见她是一个追赶季节的女孩。同时她又和北京女孩有着同样不太爱打扮自己的习惯吧，大摆裙子是黑色的，朴素到可以百搭所有衣服，但似乎只有这件最老套的紫罗兰对襟、收身的小毛衣适合她。她把长头发扎在脑后，随意地编成五六节大麻花，因为三股头发粗细不一，大麻花也显得歪歪扭扭比较随意，不过她用一根绿皮筋把发梢扎紧了，随意中又显得干练。由于她一直背向我，又不断地处在运动中，加上距离稍远了些，我看不清她的五官，只觉得她身材很好，皮肤很好，撸起的袖子里露出一截白藕一样的胳膊。

这片林子具体有多大我不知道。我是从像素小区出南门，越过朝阳北路拐进来的。这条路可以通到通（州）燕（郊）高速路附近，穿过高速路下的涵洞直达通州。新冠肺炎疫情之前，这条林边小路是有机动车行驶的，后来出于防控需要涵洞被封死了，于是这条路成了跑步、暴走者的最佳路线。我在这条路上已经慢跑了一个多月，沿林子跑一圈需要一小时十五分钟左右，时间和距离都比较适合我。这天天气很好，天很蓝，一早就阳光透亮，空气温润，没跑多久，我被林子里氤氲着的清新甜爽的气息所吸引，顺着一条不像路的路跑进了林子里。然后由慢跑变成了行走，再变成了四处打量。林子或稀或疏，大多数是北方的杨树，树干光滑、笔挺，略略泛着青色。林下有不少植物，虽不太茂盛，倒也有模有样的。还有一些杂草，我能认出来的有益母草、苍耳草、车前子、菇娘果，以及一种我们老家叫老婆针线包的藤蔓植物。总之，我就这么走走看看，被林中的植物所吸引，还想起了很多我和小伙伴们采菇娘果吃，采益母草和车前子卖给药材公司的往事。走着走着，太阳攀升到了林子上方，蓦然间，有鸟鸣在我头上响起。这是一只好看的鸟，头上的羽毛是白的，身上的羽毛是花的，翅膀是墨绿的，尾巴是翠绿的，脖子上有一圈朱红，叫声很悦耳。它在林子里飞飞停停，不断地跟我说着什么。我感到奇怪，跟着它走了走，然后它就不见了。

就在这时，我发现了那幢房子。

林子里有人家？这让我有点意外乃至惊喜，便谨慎地走过去，就看到在房顶上晾衣服的女孩了，就看到她忙碌的身姿了。

不知出于什么心理，我怕被她发现我在窥探她，一直躲在一棵大树的后边，既诚惶诚恐又不肯离去。直到她从房顶上下来，我才谨慎地靠近黑色的栅栏。

院子里空空荡荡的，只在偏左的栅栏边，有一棵粗壮的大槐树，树上吊着一个木制的秋千椅，椅上搭着一件粉色的女式外套，还有一本厚厚的书。如果坐在秋千椅上荡个秋千，一定很惬意。在大槐树对面一侧的栅栏边，是一块巨型条石，足有四五米长，上面摆着数十盆用树桩做成的盆景。除此而外，还有一张石桌，方的，一米见方。石桌上的一个罐头瓶里，插着一把花和草。我认不出是什么花什么草，似乎并不讲究。石桌边上是三把铁艺的椅子，有一把断了一条腿。阳光晒在石桌上，一只懒散的大白猫在花瓶边埋头睡觉。房前的走廊上，除了通往二楼的东门敞开着，正门和窗户都紧紧关闭，能看到窗户里的果绿色窗帘，窗帘动了几下，屋里似乎有人。又有一只黑色的猫，从走廊那儿慢慢腾腾地走到院子里。即便有秋千，秋千上有衣服和书，还有猫，有盆景，有阳光，我还是感到院子里略显荒凉。我的目光又落实到栅栏的门上，铁艺的门只有一扇半开着，门前铺着几块石板，而整个院子里铺着青砖。临着门外的是一条林下土路，也就是我站立的地方，路边有一辆红色的宝马——应该是这女孩的车子吧，我想。

突然响起了歌声。

女孩从敞开着的门里一边接听手机，一边走出来。她的声音脆脆的，脸上带着笑。

我立即以跑步的姿势从栅栏外跑过，沿着林下的路，向林外跑去。

我一边往林外跑，一边朝身后张望。那辆宝马没有开过来。我倒是希望那辆车开过来，让年轻的女主人发现我，这样，她就会习惯这林中有人跑步了，以后我再跑到她家房子边，就不会显得突兀了。大约跑了有一千步时，红色宝马并没有出现。我想是我判断错了，她接手机，并非要赶着出门。我暗笑自己神经过敏了，不由得掉回头，又向树林深处跑去。

严格地说，这通往林中小院的路，实际上就是两排树中间的自然通道。也许，连“路”都没以为自己会作为路存在。从路的荒凉程度看，少有车辆和行人来往。是年轻的女主人不常出门吗？应该是吧，路上的辙痕虽然有，不是那么清晰。我怀着巨大的好奇，很想知道这林中为什么会有一个独门独院的院子。当我跑过一段弧形的路，就看到那辆宝马车了。我保持着习惯的速度，心里既急切、紧张，又装作若无其事的样子，把腿提得很轻，落脚时不发出一点儿声音，偶尔有草叶绊在脚下，也是无声无息。

我看到院子里的女孩了，她就坐在石桌边的椅子上，两条腿搭在石桌上，整个人呈放松状态。她看到我了吗？应该没有。她半躺在椅子里，睡着了。她一定是睡着了，那么安静。我由慢跑变成了慢走，在侧门前悄悄地停下来。我看到她的脸半侧着，正好是侧向我这边的。她有着圆润俊俏的下巴，清晰优雅的嘴唇，长而弯弯的细眉。她眼睛微闭着，有一缕头发半遮在额上。她在睡着前，解开了辫子也未可知。辫子松散了，垂着。那只刚才还睡在石桌上的大白猫，躺在她辫子下边。她面部的轮廓十分端庄、柔和，像是一幅油画。她所在的位置正好介于阳光和树荫的交界处，从树梢漏下来的阳光在她身上闪烁。一件粉色的风衣搭在她胸腹部，看来，她是做好准备要小睡一会儿的。刚才还放在秋千椅上的厚书，此时移到了花瓶边上。书是精装书，小开本，很厚，封面上是外国文字，我不认识。封面上搭着一枝黄色的长柄蒲公英——我猜想，她可能在睡前翻了阵书，还拿着一朵小花。我的目光在外文书上多停留了一会儿，心想她能读懂外文书？不简单。我虽然有叫醒她的冲动，但不敢贸然叫她——我没有叫醒她的理由，甚至我担心她会突然醒来。

我瞄一眼手表，十一点多了。我不敢多作停留——我这算是偷窥了，怕被她或她的家人发现而引起误会。所以，我得趁栅栏小院里这个正在小寐的女孩没有醒来时，赶紧离开。离开时，不知为什么，我的心里萌生了小小的遗憾。

2

第二天清晨，我没有按照原来的路线跑。我已经知道从林中小院延伸出来的土路出口在哪里了，正好在通燕高速的边上，离那个涵洞一百米的距离。我沿着林子跑过三分之一路段时，就拐进了这条不易察觉的土路。我知道，向北跑，跑进林子深处，就是那幢围着栅栏的小院了。今天的天气和昨天一样好，女孩还会在家吗？还会洗衣服吗？还会在院里的铁艺椅子上看书或小寐吗？这一次希望她能发现我。

没想到的是，小院的院门上上了一把锁。

一把 U 形大铁锁，冷冷地横在铁艺门上，而且是锁在了里面。既然上了锁，说明家里没有人，我可以放心地在栅栏外观察观察了。其实，也没有什么可观察的，我只是在细节上多留心了一下，比如在石桌前我看到了喂猫的碗盏，不是一只，不是两只，而是四只；比如在另一面的栅栏上看到了金银花的藤蔓。最吸引我的，是石桌上那根扎头发的绿色皮筋，和她昨天扎头发的一样。有可能她临走时，遗忘在了石桌上。另外花瓶里的野花大多萎了，草（像是水蓼）也枯了，看样子是从林中采来的；槐树下的秋千上空空荡荡，那一白一黑的猫也不知躲到了哪里。

我在离开时，有了一点怅然，没有再跑着回去，而是慢慢在林中行走。路上看到几株蒲公英，有的开花，有的花已经败了，还看到了水蓼和蓝花菜。蓝花菜是可以移栽到盆里养着玩的。她家花台上有几只空了的花盆，如果利用起来就好了。甚至蓝花菜也可以水培，剪几枝插在石桌上的那只罐头瓶里，比插花、插草好看。而且水培的蓝花菜不会枯萎，不需要费心供养就会越长越盛，给小院增加一些绿意、朝气和活力。

让我深感失落的是，一连三天，她家的小院都上了门锁。

怎么会一直没有人在?

难道她住在林外的某个社区里，不过是利用五一小长假才回来透透气，洗洗涮涮?

在城市的包围中，在这么一大片林子里，让一个小院子空置着让我觉得很可惜。

我站在铁艺门前发了阵呆。正欲离开时，心头蓦然一惊，石桌上的绿色皮筋不见了，它一直在那只罐头瓶的边上的啊。且慢，昨天没有注意，至少在前天它还在的。这说明什么?肯定有人来过了。不过，会不会被猫拿去当玩具了呢?会不会被小鸟叼走了呢?我马上否定了这种不切实际的假设。谁来过?是她的家人还是她自己?我当然希望是她自己。

不瞒你说，我对这个长发女孩，特别是能读懂外国原版书的长发女孩印象极深。我猜想她一定是个知性、朴素而简单的女孩。至于皮筋，我清楚记得她曾扎在头上，后来又出现在石桌上。如今却突然不见了。这种事情要是在平时，发生在城市的高楼大厦里，我连想都不会去想，尤其是工作繁忙、处于焦虑中时，就算整个世界上的皮筋都消失了，我也不会去关心。然而在这片“世外桃源”般的树林里，人的心思发生了极其细微的变化，皮筋不见了，我当时的感觉是这个世界上有一股神奇的力量，把皮筋一根一根地吸走了。难道不是吗？我的眼睛在石桌附近的地上搜寻，想象着找到皮筋时的欣喜，想象着她又可以用皮筋把美丽的秀发随意地一绾，或编几个大麻花……

这一次，我没有像前几次那样见大门紧锁就直接离开，而是抱着屋里有人的想法推了推，晃了晃铁艺门。铁艺门发出一些带着沙哑的响声。那把大型的U形锁也跟着晃动着。在晃动中，我发现了大秘密——锁头滑动了一下。哈，锁并没有锁上！或者说只是做了个锁上的样子，把锁头往下一抹，居然分离了。我立即像做贼一样地四下张望，最后很警惕地注意着房屋的门窗，仿佛门窗纱帘后边有一双眼睛在看着我。我赶紧把锁头又套上去了。

其实，并没有人，别说屋里，到处都没有人。现在是早晨七点，是上班的高峰期，如果她家有人，也该起来准备去上班了。当然，也有可能她不是上班族。那么，她会不会生病了，她会不会这些天都躺在床上发着高烧？最后，我竟然联想到她可能感染了新冠肺炎，吓得自己想赶紧离开这个地方。我想象她在几天前的晚上，从里面锁上（或者说假锁上）院门后就睡觉了，然而她在回到小院度假之前就已经感染了病毒，从而在该晚上发作了。据我这些天的观察，来这片林子的晨练者几乎没有，更别说有人会往林子深处跑了，所以她要是真感染了新冠肺炎的话，是很可能几天都出不了门的。

在最初的慌张和惊恐之后，我再次抹开锁头，推门而入了。

院子里的景象，和我在外边看到的一样，只不过更贴近了一些。我没有心思再寻找皮筋，相比一个女孩的生死问题，我必须拍响她家的房门，听一听她是否还活着，要不要我帮她叫来救护车或者报警。虽然现在通信发达，她如果真生病了，可以打电话向医护人员求救，但是我担心她一病倒，可能连打电话的力气都没有了。如果是那样，我即便敲门她也不一定有力气回应我。这时，我看到花台边上的三个猫碗里还有零星的一点余粮，另一个大点的猫碗里有半碗水。那只出现过的大白猫不知从哪里出来了，对我这个陌生人很有礼貌，温顺地叫一声。我只能小声说："对不起，没带好吃的。下次给你带小鱼干。"大白猫像是听懂了我的话，细声细气地又"喵"了一声。

"有人吗？"我大声地叫一声。

没有任何回应。

"谁在家？"

还是没有回应。

我走到房檐下面停住了。我发现所有的门窗都是紧闭的，但是那扇能通往阁楼的门居然是半开着的。我冲着门大声地叫几声，没人回应。我担心女孩病得不轻，正准备走楼梯上去看看。没想到楼梯上突然传来一声响动。我紧张得心都抽搐起来了，瞬间觉得楼上有人。我该怎么自圆其说？是为了救人？

一只黑猫蹿下来了。它没有像大白猫那样对我友好，警觉地从我身边蹿了出去。

我没有上楼。

我已经私闯民宅了。尽管我不偷不抢，并且有堂而皇之救人的理由，但是我告诫自己赶紧离开，将那扇门关上。因此，我又走到院子里。这一回，我看到石桌子下有一根皮筋，不是遗落在石桌上的绿皮筋，它是黑色的。我拿起皮筋，扯了下，看了看，放下了。

我学着那个女孩的样子，坐在铁艺的椅子里。疫情期间，什么事都有可能发生，我一边听着屋里是否有人救助的动静，一边想对女孩是否在屋中或者生病探个究竟，一边两只脚跷在石桌上，半躺半卧着晒太阳。5月上旬的太阳，可能是北京一年中最好的太阳了，干净利落，不猛不烈，有太阳该有的温度，像极了那只大白猫，温顺，柔软，恬人，毛茸茸的——它还跳到我的肚子上，踩踩我，闻闻我，鼻子差点碰到我的鼻子了，然后，它就跑到石桌上，卧着了。没有风，碧绿的树梢纹丝不动。我慢慢地品着：不仅能感受到太阳的温度和味道，还能感受到树叶的清香和泥土的陈腐气息，很好闻的陈腐气息。这种气息，只有静下心来，才能体会到，那种悄悄升腾的氤氲，那种如丝如缕、似有若无、抓不住逮不着的飘忽，那种和周遭的环境融为一体的和谐。

这个被城市包围的栅栏小院真好啊，可以享受，可以静化身体和心灵，也可以触及灵魂。

我休息了一会儿，起来给罐头瓶里注入了大半杯清水，从栅栏外边的树丛里揪来几十枝蓝花菜，插在瓶子里。它现在就在石桌上，就在我眼前，是一团清雅的绿。如果女主人起来了或者从外面回来了，看到花瓶里的变化，会不会吓一跳?

我有一搭无一搭地想着一些关于女孩和这个院子的猜想，有一种说不出的亲切和莫名的怅惘。太阳和林中的气息固然很好，似乎不是我特别想要的。正准备离开，突然听到一点动静，再一听，是“沙沙沙”的汽车开近的声音。有车子来了！我心里一惊，从铁艺椅子里站起来。因为动作过猛，我没有站稳，惊动了熟睡的大白猫。

栅栏外边的路上，果然出现了一辆小轿车。不是红色的宝马，是一辆白色的奥迪 Q5。

女主人换车啦？还是她家另外的成员回来啦？

奥迪 Q5 在离铁艺门还有三四十米远的地方缓缓停下来。我站到门边，一手扶着门，一边想着如何向他们解释。但是奇怪的是，车门没有打开。我能看到车子驾驶和副驾驶的位置上，坐着两个年轻女人，虽然看不见全身，也能大体感觉她们的精致。坐在驾驶位置的红衫女孩正和副驾驶位置的白衣女孩交头接耳地说话，很快又从后排伸过来一颗脑袋，也是长头发，加入她们的说话中。她们仿佛在商量什么。她们怎么不下车？车里为什么没有小院的女主人？那么她们是谁，是女主人的家人、同学、同事或朋友，她们担心女主人几天没有出门？如果是那样，她们应该进来询问或者直接去敲门呀！还没等我想明白，奥迪 Q5 就向后倒车了，倒进了树林的间隙，掉过头，开走了，有点落荒而逃的意思。

她们是看到我才“逃”走的吗？我是起到了一个守门人的作用？她们才是闯入者？如果这样，那我是帮了她家的大忙了。但是无论如何，我还是早些离开的好。此后，我就没有再进入栅栏小院了，每次跑步跑到这儿，只在门外边悄悄地看护它。

3

毫无预兆的，夜里下了一场小雨。昨天太阳还那么好，夜里就下起小雨了，夏天真的要到啦？天亮后，小雨还没有要停的样子，沥沥拉拉，欲说还休。我的跑步就暂停了。但是我心里却停不下来，一直惦念着林中的小院。直到午后，小雨才停下，云也被阳光推开，舒徐的小风刮了起来。

我不是要补上清晨的跑步。我是要看看林中的小院，看看一夜过来，小院里有没有什么变化。我最初的判断，女孩每天要来喂猫的。同时，我又想，既然搬到附近的社区去了，为什么不把猫也带走？是新家不适合养猫吗？也可能把猫留在这里，多了份念想，就会多来几次。我以前都是清晨跑步时顺道到小院看看的，没有过多注意细节。当昨天我看到花台下的猫碗里有投放的猫粮时，我就知道了，女孩都是在下午回去的。现在就是下午。我换上跑步的装束，跑出了像素小区，穿过朝阳北路，拐进一条僻静的、车辆无法穿行的小路，跑上了林边的小道。

北京的城郊接合部，像这样的林子有不少，原来也可能都是农田，因为城市规划，它们自然就构成了城市绿地的一部分。而原有的村庄不是搬迁，就是合并了。就在朝阳北路上，我们还能看到这样的村庄，比如黄渠村，还是一片低矮的村舍。那么这片林子或林子的一部分，原来也有可能是一座村庄。而那座小院，那户人家，有可能也是村子的一个局部，因为我无法知道的原因而保留了下来。

前边就是那个路口了。

在这条平时安静的路上，倒是有了三三两两的人在走路或骑车。有一对情侣，一边走一边笑闹——男孩一直要给女孩戴上一朵他采的野花，女孩跑跳着，不让他戴。还有一个年轻的母亲在和一个五六岁的小男孩练跑步，他们穿着亲子装，特别可爱。我这才想起来，今天是周六。在年轻人和孩子的映衬下，刚下过雨的林子，越显得青春勃发了，嫩绿的叶子上泛着水色，雨后的阳光也显得光滑、明净。

路口到了时，我才看到那辆红色的宝马，它就停在路边相对干燥的地方。我心里怦然一跳，小院女主人的车？她没有把车开进去？哦，刚下过雨的路上，泥泞得很，车轮会陷进去的。就算陷不进去，也会把车子跑脏了。那么，她是走着进去了。我望着湿漉漉的路面，望着草叶上还有水珠在闪动，觉得她的选择是对的。我也毫不犹豫就走进去了。我选择着有草的地方，或相对干燥的地方，大步或小步或交叉步不断变换着向前走。我心里有点急切，希望早点看到那个栅栏小院，能看到她在院子里忙碌。我还在路上看到了她留下的脚印。她和我一样，也是大步小步交叉步不断变化着前行的节奏。

我看到她了。她果然在忙碌。她在擦拭着石桌和铁艺椅子上的雨水。大约她已经擦拭过不少地方了，已经把外套搭在老槐树下的秋千上了，还有一只黑色的拎包，包口露出半截的书和本子，也放在秋千上。我已经在她家铁艺门的门口站住了。她还没有看到我。她所在的角度是可以第一时间看到我的。可能是她擦拭桌子过于认真了，也可能是根本想不到会有人造访。我注意到她今天的装束和我第一次看到她时完全不一样，是一件白色的小 T 恤，石磨蓝紧身牛仔裤，黄红相间的旅游鞋，还有搭在秋千上的外套是黄色的，显得清爽而快活。她长发没有扎起来，柔顺地披散着，发质非常好，随着她劳动的幅度而在肩上滑动着。我想我不能这么看她，这也是一种偷窥。我得想办法让她先看到我。我假装咳嗽一声。她果然看到我了。她面露惊异之色。

"我是……"我已经想好了的那些词，比如我担心过她生病，那天竟然那么担心她的生命安危，担心她感染新冠病毒，以及对这片林子、这个小院还有对她莫名的好感，这时却怎么都说不出口。我结结巴巴道，"我……我、我前几天晨跑，路过这儿，看到你家大门没关，我就……"

她看我指了下石桌子上的罐头瓶，掠了下长发，笑了："我说嘛。"

她声音真好听。

我说："你家的门经常不锁吧？我怕你看见罐头瓶里插了蓝花菜，这样的变化会引起你的不安，今天过来解释一声。"我继续撒谎，也只能这么说了。

"啊，解释？害怕？"她说，"哈，没关系的……这野花野草不错呀，要谢谢你的。"她脸上露出了笑容，伸手抚了下那丛蓬蓬勃勃的蓝花菜，"这不是我家。这是我同学家。我同学在武汉大学读博，春节不回来了，还把她爸妈接去过节……结果，结果你知道的，就是遇上了这场疫情，回不来了。我同学托我来看看门、理理院子、喂喂猫。我这也是在为抗疫做贡献是吧？不过他们已经回北京了，在隔离，明天就隔离期满了。明天……我就不用来了。”

原来这样。她并不拘谨，且落落大方，也乐意和人交流，语感、语气和语速把握得都恰到好处。但我不知道要接她哪一句话了。而且，她最后一句话也像是某种暗示。我本来也没有什么事，误闯进林子里的一户人家，被一个美若天仙的女孩所吸引，被一种美好的情愫所感动，还为她插了一瓶蓝花菜，留下了来过的痕迹。事到这儿，也算是有一个交代和了结了。我跟女孩打声招呼，就告辞了。

我走在路上，心情特别爽，嗐，大家都平平安安的就好。雨后的林子里，有鸟儿在飞，在追逐，在戏闹，在枝头跳跃，它们“叽叽喳喳”发出很好听的叫声。路上花儿草儿都很好。土地是潮湿的，有淡淡的薄雾在缭绕。一棵棵树，正在吮吸新雨的营养，我仿佛听到它们饱餐喝足的声音。

跋

陈武小说的新境地与新高度

李惊涛

用《灯色》命名的这部小说集，令人非常喜欢。我这么说，是因为出版前得到一个机会，系统看了里面的九篇作品，以便为小说集写跋。阅读让我感觉陈武的作品和以前的很不同，差不多每篇小说都让我心里暖暖的。眼前的文字春雨般淋漓着，滋润着心田，催生了我一个想法：陈武的创作新近发生了很大变化。这部令人心暖的小说集，应该是这种变化的标志。

这是一种怎样的变化？优美的文字？氤氲的情调？摇曳的叙事？绵密的细节？鲜活的女子？……这些都是陈武小说人见人爱的特色，一如既往啊。静心梳理了一下，我觉得陈武小说创作的变化，是不是可以从以下两个维度来认识——

第一个是，作品由冷转暖。这里的冷暖指的是小说的调子，也是我阅读的突出感受。三十年前陈武写《估衣》，展示的是民国初年某城一条潮湿霉烂的后街上，鲜艳如花的女子是怎样一朵朵凋零且溃烂的；二十年前他写《拉车人车小民的日常生活》，读者看到“贫贱夫妻百事哀”，并且无法替车小民挡住飞来的横祸；十年前的《绳子》，更是让人读出女性千年悲剧的现代版本。这些作品大多一经问世即成名篇，但生活残酷性的阴影总是或隐或显，挥之不去，令人惊悚，感觉冰凉，心有戚戚焉。可是现在，翻开《灯色》，这样的现象不多见了。看《小棉袄》中的胡乐乐，结婚生子，孩子尚幼，工作碍手，父亲老胡便出面带孩子，日子过得很平静。不是说胡乐乐的生活在作家的叙述中没有起伏；但是那些起伏引出的结局，却让胡乐乐“心里渐渐升起一丝暖意”。为什么？我不说；为什么不说？也不说——这是借鲁迅的话说事，因为不便透露谜底。我要说的是，集子里收入的《坐姿》，可以看成《小棉袄》姊妹篇。许晶晶与老父亲许德海的日常生活，同样被作家写得悬念游弋，令人兴味盎然，欲罢不能。那么，读到最后，你会不会生出和胡乐乐相似的心理感受？

然而，问题并没完。这就要说到陈武创作变化的第二个特征，即他在小说中所写的生活，正由异常向日常转移。这也可以理解为由冷转暖的另一套说辞。因为冷和暖，只说出了感觉，说出了表象，却像说了硬币的正面没说背面；而事情的真相，常常隐藏在背面。看陈武以前的作品，无论《谋杀》《火葬场的五月》，还是《码头嘴》，性、暴力和死亡几乎如影随形；无论隐显，作品的硬核部分一定是生活中的异常。《灯色》不同。且不说文字更从容天然，样态也不事雕琢；就像一个女子，天生丽质，自信得很，淡妆浓抹随心就好，画风却直追沈汪一脉。《灯色》被陈武拿来为小说集命名，潜意识里，说明作家很看重它。由此我得出一个谨慎的结论：这部作品表征了陈武小说价值认知的某种改变，即他不再向生活中的异常要“小说”，而是向生活中的日常要“小说”。换言之，对于现在的陈武来说，他的创作已经抵达了可以让生活本身就很“小说”的新境地，或者叫新高度。

将正面和背面两个维度合起来，再看《灯色》这部小说集，可能更便于接近事情真相。无疑，集子里九篇作品所写的人与事，更生活，更朴实，因而更真实，真实到你甚至不用让自己“代入”；你完全可以是小说中的人物，完全可能经历作品中的事情，因为那是生活中的日常。你看《小棉袄》，会觉得胡家的生活与你、你的左邻右舍没什么两样，日子平静、平常甚至平庸。读着读着，你开始有了别样的期待。什么期待？似乎希望作家给胡家来点不顺。这不是说你不巴望别人好，心理有点恶恶的；而是说你的阅读生出了朱光潜《悲剧心理学》中探讨过的心理，叫作“悲剧快感”，即通过悲剧审美引起惊悚或戒惕，以唤醒自身的安全或幸福感，更加珍惜生活。好了，作家懂你，他开始写了——胡乐乐和丈夫发现老胡有点异常：行为诡异，经常晚归。怎么回事？小夫妻俩先后跟踪老人，最终有了意外发现。再看《芳邻》。作家平实地写着日常的柴米油盐酱醋茶：做菜香气袭人的“芳邻”孙女士来借酱油，不仅没还，还当垃圾给扔了；“陈老师”不免郁闷、失望乃至失落。这也算不上大事情。如前所述，你又在期待点什么。可那点“什么”却迟迟不发生。作家依然在慢条斯理地写着：“陈老师”下馆子，请教椒盐海蜇头的做法，甚至把菜谱抄写了一遍；接着，是臆拌海蜇头、实拌海蜇头、梦拌海蜇头……就在你快要失去耐心时，忽然，“芳邻”还酱油来了；“陈老师”的很多猜想或心结，有了温暖的注脚。嗯？原来“小说”在这里等着我们哪。情节继续有滋有味地推进着：吃完“芳邻”的肉馅油条后，“陈老师”打量她留下的盘子，处心积虑，做椒盐海蜇头，以便在还盘子时送给“芳邻”品尝……渐渐地，你发现“陈老师”有些变了，心里的戾气少了，甚至消失了，因为他与另一隔壁“老外”可能发生的不愉快，也变成以美食做媒介的沟通和相互理解了。那是“芳邻”带来的心理效应。就在你期待东野圭吾式的异变时，忽然，“芳邻”毫无征兆地搬走了，“小说”结束了。“陈老师”怅然若失。相信你也一样，有些怅然。且慢，这是“小说”吗？但这不是“小说”，又是什么？你还想等待什么？性？暴力？死亡？——你的“悲剧快感”心理又在作祟了。这不就是生活吗？是的；但这是小说，甚至是最好的小说，是陈武小说的画风转变后抵达的新境地。

能否将生活的日常与小说间的壁垒打通，是区分作家能否成为大家的分水岭。这正是陈武创作发生变化的文学价值与意义：生活的日常，没有那么多的巧合与戏剧性，并不总是那么惨烈或残酷；唯其“日常”，新闻并不在乎它，但文学却不能忽略它。因为在观照现实的残酷和惨烈方面，文学也许永远不是新闻的对手；但是要比对日常生活中温暖的发现、人性的探测和心灵的建构，新闻却永远望不见文学的项背。日常固然是平庸的。平庸的日常甚至让众多作家望而生畏，退避三舍，因为它很不容易“小说”。但往深里说，一个作家如果没有能力在日常生活中发现“小说”，用叙述艺术化日常为“小说”，只能说明他还不是小说圣手，更成不了小说大家。陈武向日常走了过来。小说集《灯色》表明，他具有一种力量，能够化日常为“小说”；他在以作品拥有的新高度，向汪曾祺、契诃夫和雷蒙·卡佛们致敬。

说到雷蒙·卡佛，我想起他一篇我非常喜欢的小说，叫《好事一小件》。这篇小说名还有另一个译法，叫《世界上最好的事情》。这篇跋写到这里，已经到了我想写的最后一句话；可要命的是，不写到最后，它就出不来。这句话是：陈武小说的新境地与新高度，对他个人来说，是“好事一小件”；对于小说界来说，是一大好事。

2020.12.14 于中国计量大学人文与外语学院

（作者系中国作家协会会员、中国计量大学教授、人文与外语学院中国文化研究中心主任）